短短的就夠了

FLASH FICTION

苦苓極短篇精華版

苦苓 著

代序

遇見二十年前的我

在一間二手書店附設的咖啡座，我正在低頭看書，隱約覺得對面有一個人，一直盯著我瞧，莫非又是認出我來的書迷？我抬起頭來，卻看見對面一名中年男子，長得和我十分相似，我起先以爲是一面鏡子，啞然失笑，後來發覺他看來比我年輕得多，那是誰呢？天底下長得如此相像又差了二十多歲，除非是父子吧！

「我是二十年前的你。」他說話了，但並未開口，因此也未驚擾到店裡其他人，莫非是用心靈感應。

「呃……幸會，」我覺得失言了，「我是說，爲什麼我會見到你，呃，二十年前的我自己？」

「我特地來找你的——爲了它們。」他指著桌上一疊書，最上面的一本是《苦苓極短篇》，不，從側面看來，那一疊應該都是我寫的各集極短篇，應該有七、八本吧。

這時我的胸口，才有了一種被過去的時光重重撞擊的感覺：原來這些都是我寫的，久違了的書啊！五年前我忍心割捨的，我五十幾本著作中的一部分。

我忍不住拿起書翻了翻，記憶如飛，即時想起了不少篇故事，「我眞的很會寫啊。」當初完稿時我忍不住這麼想，後來顯然讀者也認同，每一集極短篇都進入暢銷書排行榜，那時候一整年的暢銷作家，我總是排在前十名吧，即使過了二十年再翻閱，我還是覺得「我眞的很會寫」。

「對呀！」二十年前的我理直氣壯了，「這麼好的作品，怎麼可以說不要就不要了呢？當然，你也寫過不少言不及義、濫竽充數的東西，但這些極短篇，是，好，的。」

「可是讀者因爲我不誠實而拒絕我過去所有的作品，因此我也不認它們了，只有五年前開始重新出發、誠懇創作的自然生態等系列，我才當作是我的作品。」

「那你是連累無辜啊！」他緊緊盯著我，「難道當年你創作這些極短篇時，心裡並不誠懇、是在糊弄讀者嗎？」

「沒有——沒有！我寫這些極短篇，再認眞不過了，你知道，我一向，也是你一向想要寫小說，但畢竟是以詩和散文起家的，所以先從極短篇小說入手，雖然只短短一千多字，我也可以說是句句斟酌、字字推敲，超級誠懇的。」

他兩眼發亮，立刻「打蛇隨棍上」：「所以你是不是該重新接納這些作品，並且出版給讀者分享呢？要不然市面上都沒有這些書了，你忍心它們石沉大海嗎？」

「我……」我摩娑著這些「少作」，心中也不由得激動起來，「的確，這也是我的孩子啊，沒理由讓它們離散在外……這樣好了，我先從這幾本挑出精華的一本，帶它重返市間，看看讀者們能不能接受，這樣行不行？」

「嗯……」他猶豫了一會兒，「這也不失爲一個折衷的辦法，最重要的是，你不應該把二十年前的我就這樣抹殺掉，畢竟曾經發生過的，就已經存在。」

事情圓滿解決，我鬆了一口氣，第一次跟自己談判，尤其是二十年前的自己，還眞不是容易的事。

「你覺得那麼久以前的苦苓，還會被現在的讀者接受嗎？」

「喂，過去的你也不完全是壞的好不好，」他拍拍我的肩膀，「把你好的過去也留下來，這樣的人生不是更充實嗎？只要是好作品，不管過多久讀者都會喜愛的吧？何況這一本還是精選集呢！」

「好吧，望你金嘴[1]。如果讀者喜歡，我們再來出第二本，你說好不好？」

他點點頭，轉身要走，又迴了過來，「那書名呢？」

「呃，雖然是短短的小說，但是夠精采、夠深刻，其實不需要長篇大論，就叫《短短的就夠了》怎麼樣？」

「嗯，短短的就夠了，文學是，生活也是，不求冗長，但求輝煌。很好、很好……」

二十年前的我，帶著一些些感傷、和一些些欣慰，從我眼前消失了。

1 臺語，意為「希望你的話成真」。

目錄

vol. 1

是堅情？是姦情？

vol.2

不真實，最真實

vol.3

改變從未成真

vol. 1

是堅情？是姦情？

奇情異色毋需大驚小怪，不論什麼年代，
性與愛都「不正常，才正常」。

FLASH FICTIO

1 小姨子物語

「不是我！」他終於說了出來，聲音大得把自己也嚇了一跳，整個人又縮進沙發裡。

他美麗能幹的老婆不動聲色，繼續看電視連續劇看到廣告，才淡淡的應了一聲，「什麼不是你？」

他卻猶疑了，也許他小姨子害喜的事他老婆還不知道，也許他可以說動他小姨子神不知鬼不覺去拿掉，也許，最也許的就是一切根本和他無關，那他此刻不打自招，豈不是自殺似的把多年美滿婚姻毀於一旦？

是他有一天半夜起來喝水發現的，他的小姨子，不，該說是他太太的妹妹，他一向不喜小姨子這個稱呼，和小姨太接近了，而小姨正是小老婆的意思，很曖昧的。

記得那時她爲了重考大學上補習班而從南部搬來，同事們到他家聚餐發現了，一回到辦公室馬上大肆喧嚷：

「哇塞！好美的小姨——子哦！」

「一箭雙鵰，豔福不淺哦？」

「要不要介紹給我，還是肥水不落外人田？」

他只能尷尬的笑一笑，扶扶眼鏡，有那麼美麗能幹的老婆，他哪敢？

而且他小姨子很淳樸的，即使上補習班也是一套白衣黑裙，拆掉了校名學號的，乖乖上學放學，乖乖在家看書，唯一會打電話來的也只有南部的媽媽。有一次他和老婆在看的DVD裡出現R級鏡頭，他小姨子剛好回來，他來不及按暫停，他老婆來不及遮擋，他小姨子一溜煙進房去了，三個人都紅了臉，一個是羞一個是氣，他卻是莫名的激動。

直到那次他老婆參加公司的日本考察，同事們當然不放過他，在啤酒屋、KTV和PIANO BAR鬧到半夜，他連自己怎麼回來的也弄不清楚，匆匆出來應門的是小姨子，他整個人往她身上趴過去，當時就吐在她的睡衣上；這是他第一次看見他小姨子穿睡衣……

他老婆回來之後日子一切如常，但他小姨子看他的眼光似乎有點不一樣了，遠遠的，有點幽幽怨怨的，他只有趕緊躲開，因爲再也沒有機會；而且他也不確定那天晚上發生了什麼事，被叫醒時已是晨光刺眼，她穿著白衣黑裙要去上課了，他卻衣衫不整的躺在滿地狼藉的，他小姨子的房間裡，梳妝鏡上用口紅畫了一個好大的❤。

所以那天晚上他發現她在浴室嘔吐時，第一個反應就是悄悄退回房裡，然後躺在床上瞪大了眼睛數日子，從他老婆出國到他小姨子「涉嫌」害喜，正好三個月？三個月是不是剛好有跡象，他老婆沒有生過孩子所以他弄不清楚，但如果是的話，這就是他第一個孩子了。

「哇哈！我做爸爸了！」他差點像電視廣告那樣歡呼起來，但不到半秒鐘立刻查覺問題的嚴重性而噤聲，甚至嘴角微微顫抖。

偷偷注意了幾天，事情已很明顯，他不能再哄騙自己他小姨子可能只是消化不良，唯一不解的是他美麗能幹的老婆何以始終不動聲色，她到底是忙昏了頭，還是在等著他自己乖乖招認？也許他小姨子早就向他老婆哭訴過了，他小姨子一定是像所有天眞的傻女生一樣，哭哭啼啼發誓死也要保住這個孩子，而他老婆竟能忍住滿腔怒火冷眼旁觀，也可見這個女人之冷靜，之犀利，之狠毒了……一定要用這種沉悶的低氣壓逼得他窒息嗎？

此刻他仍然在低氣壓下喘著大氣，房子裡的空氣好像已經結冰了，他老婆按了搖控器上的「靜音」，五光十色的螢幕上只剩男男女女在無聲的吶喊著，他像從嘴裡吐乒乓球似的把幾個字吐出來：「妳……妹……妹……」

「我妹妹從小腸胃不好，發作起來吃什麼吐什麼，我已經安排好了，明天帶她去臺大醫院看看。」他老婆平靜的說完，又打開電視機的聲音，轟然的廣告聲又嚇了他一跳，他再度縮進沙發裡，感覺自己的心跳似乎停止了，喉嚨異常的乾渴，好像那天晚上起來喝水的時候……

「ㄆㄧㄚ！」的一聲四周忽然又恢復寂靜，電視螢幕上已經是一片空白，他美麗能幹的老婆緩緩轉過頭來。

「你剛才說什麼不是你？」

2 才知道真愛

他不假思索的往左邊走去，她卻沒有像以往一樣的跟過來，反而抓緊他的臂彎，往右邊的一家咖啡店走，他在心中嘆口氣，依了她。

坐在靠窗的位置，對面賓館的看板正對著他們，自動門開開關關，好像在眨著媚惑的眼睛。

剛才在約好和她見面的餐廳，一坐下就被告知：「對不起先生，我們下午只營業到兩點。」他心中竊喜，一個勁的點頭說好，反而搞得服務生滿頭霧水。

不久她來了，他立刻起身迎接，摟住她的腰就往外走，人家餐廳要休息了，理所當然要換個地方，他刻意帶她走向有間賓館的那條街，心想這一來就不必和她對面而坐，說一堆話，喝許多水，而終究還是服從自己的慾望去點燃彼此的身體。

他想起不久前看的一部DVD：一個男人在酒吧向一名陌生女子調情，沒想到那女的一口喝乾杯中的酒，冷冷的說：「讓我們省掉中間這一段，直接上床怎麼樣？」

可惜他從沒碰過這種上道的女人，每次總是要看電影、要逛街、要吃飯聊天，最後才好像不經意的走進一家賓館，問題是他的時間也只有下午這麼一小段，五點前得回公司去做做樣子、打卡下班，每次時間耗長了，最後就不免草草了事，甚至因焦慮而無能爲力……可是又不能催她。

「急什麼？」她壓低了聲音，「你就是想做那件事哦？」

他眞想大聲的說：「是！」但仍只能聳聳肩，擺出無所謂的樣子，然後偷偷看錶，偷偷打哈欠，漫不經心的聽她說她的教授多可笑，同學多幼稚，而她心愛的小狗又多麼寶貝……就像此刻，他從窗上反射的影像看到時針步步逼近四點，心中的慾念已絕，乾脆放鬆身體，看她小小的嘴巴仍不停的動著，卻實在沒聽見說什麼，彷彿在眼前上演一部無聲的默片。

「走吧。」

「去哪裡？」他看看錶，三點五十五，算了，如果四點半就出來，賓館櫃臺的小姐不在後面偷笑才怪。

「你不想要喔？」她問，語氣裡有驚訝，也有一點失望。

「又不一定非得做那種事不可，」他親暱的拍拍她的臉頰，「只要能跟妳在一起，我就很滿足了。」

她居然流淚了，濕潤的兩眼深情的望著他，他覺得好笑，又有一點悲哀，聽她輕輕嘆了一口氣：

「唉，我現在才知道你是眞的愛我。」

3 白手套之謎

她打開皮包，他以爲她要拿套子，雖然有點隔靴搔癢的失望，但小心總是好的，聽說這個月公布，又多了四個帶原者呢。

但她拿出來的竟是一副白手套，就這樣，全身赤裸的姣好身材，卻戴著一副白手套站在他面前，從來沒看過這種噱頭，他不由得激動起來，一股熱潮由小腹底下升起……難怪「內匠」推薦她是這間賓館的第一紅牌，據說若不是因爲禮拜一，根本就別想約得到呢。

她果然技術一流，尤其是那雙純絲的白手套，撫摸在他身體每個部位時，比起纖纖玉指更能撩動他的情慾；他想起看過的許多A片，女的有穿吊帶絲襪的、有穿高跟鞋的，大概也都有類似功效，但從沒見過戴手套的，這女人眞是個天才，尤其當那光滑細緻的感覺緩緩抓住他時……

他從來沒有感覺自己這麼威武過，伴著她的嬌啼婉轉，他猛力衝刺，彷彿又回到三十年前身強力壯的時代，那時總能讓每一個女孩子蹙眉呼喊，從原先假意的歡愉變成眞正的求饒，「不要了！眞的不要了！拜託！求求你！……」有幾次甚至寧願不收錢也不願做下去，「內匠」拉長了臉，偶爾同來的夥伴則對他翹起大拇指，「厲害！」確實厲害，還有幾次對方整個癱在床上一動也不動，只有嘴裡含含糊糊的呻吟著：「死了……死了……」

「哦——死了！」他一陣痙攣，眼前似乎一片昏暗，從她身上翻下來，似乎下半身都已經失去知覺了，整個身體像是剛在水裡泡過一樣，胸部急速的起伏著，幾乎可以聽到自己的心跳聲，眞過癮！再這樣搞下去，恐怕會連這條老命都送掉了……

她卻若無其事的起來，到浴室沖水、擦乾，出來時白手套明顯溼了，卻始終沒有脫掉。

「喂，」他有氣無力的喚她，「妳爲什麼要戴……手套？」她不作聲，專心的扣著上衣的鈕釦，「妳告訴我，加妳一千。」

她眼一亮，先向他伸手拿了錢，仔細數過放進皮包，才坐下來用仍然戴著白手套的手點起一根菸，以輕描淡寫的口吻說道：「沒有啦，就我有一次做一個大老闆嘛，結果他太爽了，當場心臟病發作死翹翹，我嚇得趕緊跑掉，後來警察來查，內匠也沒有跟他們講，啊不過他們檢查指紋把我查出來了——歹勢，我有賭博前科啦，啊結果就把我關了半年多，有夠衰的啦，所以我現在出來做就戴手套，萬一客人爽死了，警察也查不到我的指紋，就沒有我的事啦！

「結果好像每個客人都很喜歡我戴手套呢，有的還要求再來一次，」她終於脫下白手套塞進皮包裡，起來拍拍屁股，又瞟他一眼，「你們男人哦，眞奇怪。」

4 做愛好累

「我覺得做愛好累哦。」

她這麼說時，他心中一驚，回過神來仔細看她，她仍然安詳的吃著牛小排，陽光透過百葉窗一道道的印在臉上，外面是熙來攘往而安靜無聲的人群。他不明白。

也許是他太粗魯了，畢竟對方只是個剛滿二十的小女孩而已；剛來公司時一副怯生生的樣子，好多人習慣性的叫她小妹，「小妹泡茶！」「小妹幫我買包菸！」「小妹……」不久她就在開會時翻臉了，兩手扠腰把公司裡一群大男人沙豬狠狠痛罵了一頓，大家的臉色都是一陣青一陣白，只有他帶頭鼓掌，她拋過來嘉許性的一眼，其中卻彷佛有風情萬種。

試探了兩次就得手，他想到一位臺北新女性說的「三次上床論」：工商社會，時間寶貴，如果你和一個異性約會三次還沒上床，那就不要再浪費時間了！一面又告訴自己這個鄉下女孩是很單純的：從她先脫了衣服躲進被單裡，從她堅持關燈，從她皺著眉頭頻頻喊痛，稚嫩的青春更引起了他的激情，一次比一次更加「奮不顧身」，顧不得下午還有重要的客戶要見……

她吃完了牛小排，正翹起小小的蘭花指啜著咖啡，怎麼看也像一名清純的學生，他忽然想到蒼井優，青春眞好，縱然此刻有熟人進了餐廳，也一定會以爲她是他朋友的女兒吧……心中又暗自得意了起來，也許她說累不是抱怨他的貪婪無止盡，而是婉轉的在讚美他的「強壯神勇」，自己也很驚訝能夠如此持久，明明已經體力放盡、兩腳都快要抽筋了卻還蓄勢待發，他撚撚上唇的小鬍子，考慮是否刮掉才能配合自己仍然青春的活力。

她瞧見他臉上自得的神色了，不明所以的對他一笑，如春花般燦爛的，他又隱隱激動了起來，心中對這小女孩更加憐惜，偷偷加她幾千塊薪水應該不會引起注意吧，或者幫她在公司附近租個小套房……老是進出賓館總是有風險的，而且實在也應該對她好些，看她對自己痴迷的樣子；何況比起上酒廊動輒好幾萬實在是經濟多了，最近臺幣升值景氣不好，能省的也應該省一點。

「做愛眞的好累，」她拿起餐巾紙拭著嘴角，「我男朋友下午從高雄來，他在當兵，你知道……今天晚上鐵定沒得睡了，剛剛又被你——」他看著那張揉縐的餐巾紙被丟進空的餐盤，看到她露出一排編貝般細細的牙齒，「老闆，我下午可不可以請假？」

5 日本式捉姦

「砰！砰！砰！」

敲門聲越發劇烈了，不能再裝作沒有聽到，他嘆口氣，從她身上爬起來，走近門上的貓眼一看，頓時變了臉色。

「我老婆！」

他驚慌的抓起內褲，卻手忙腳亂的穿反了，又急著套上外褲，匆忙中卻踩住了褲腳，在賓館的地毯上一跳一跳的……

她卻出奇的冷靜：「還有誰？」

「我老婆，還有誰？」他　變得愣頭愣腦的。

「我是問你外面還有什麼人，看一下！」她厲聲叫道，他跳到門邊，趴在上面半天。

「沒……沒有，就她一個。」

她冷笑一聲，既然沒有管區警察陪同，就算捉姦在床也沒有用，倒不如乘這個機會攤牌，不相信自己鬥不過一個平凡庸俗的家庭主婦，「開門，讓她進來。」

他遲疑了一下，把襯衫塞進褲子之後，又回頭張望，看見她堅定冷冽的目光，才嘆口氣，開了門。

女人探頭探腦的進來了，非但沒有如預期的大哭大鬧、捶打丈夫、辱罵小三、邊流淚邊吵著要離婚，反而一臉誠摯的笑容：「嗨老公，我就知道你在這裡。」

他本來鼓足勇氣打算翻臉的，一句：「抓到就抓到，怎麼樣？」硬生生吞了回去。

「你好辛苦哦，上班這麼累還要到這裡來。」聽來是嘲諷的口吻，可是仍帶著微笑，他的下一句「離婚就離婚，怎麼樣？」自然也憑空消失，反而有點靦腆的，嘿嘿嘿的笑了。

她躺在床上，裹著被單看這個男人怎麼應付他老婆，沒想到那女人的脾氣出奇的好，竟然幫她先生著起裝來了，套上西裝，打好領帶，拍拍肩上的頭皮屑，還退後兩步，像在看一件藝術品般仔細端詳，「嗯，真帥，難怪老是有小女生看上你。」

她火冒三丈，從床上坐起來，不顧身上仍然一絲不掛，那女人卻當作沒看到她一樣，打開手提包拿出一瓶「蠻牛」來，「你累了吧？來，喝一瓶加加油。」他用眼角的餘光瞄她一眼，居然乖乖接過來咕嚕嚕喝了，像一個做錯事的小學生一樣，讓媽媽牽著手乖乖回家，「沒事了吧？那我們回去了好不好？」

太目中無人了！她想破口開罵，卻找不出什麼話來，正要開門出去的那女人好像才注意到她：「哦，對不起，我們先走了。」手裡仍緊抓著老公的手，輕輕掩上門時，仍是一臉誠懇的笑，「我先生功夫不錯哦？拜拜。」

6 三通電話

「喂，請問是胡麗卿胡小姐嗎？」
「是的，請問妳哪裡？」
「我這裡是臺北市衛生局，有件事想請教妳。」
「什……什麼事？我要上班了。」
「不會耽誤妳太多時間，請問妳是不是認識卜安士先生？」

「我認……不認……你們問這個幹什麼？」

「胡小姐，這是有關業務上的、很重要的事，請妳務必據實回答。」

「認、認識啊，他是我們公司客戶嘛。」

「你們是不是已經有性……超友誼關係了？」

「喂小姐，妳這話是什麼意思？你們公家機關怎麼可以打聽私人……」

「哦不是的，請妳不要誤會，是這樣的，根據我們最近做的檢查，卜先生已經確定是愛滋病的帶原者，爲了公共衛生和安全，我們必須轉告所有和他有性行爲的對象，這樣才能有效追蹤防治……」

「愛滋病？他？怎麼會？這個死傢伙！」

「……是不是可以請妳明天下午兩點到我們——」

「喀啦！」（掛電話聲）

•———

「喂，小楊啊？是我胡麗卿啦，有件事拜託妳，妳有沒有比較熟的醫生？對，要可靠的，婦產科、內科，什麼科都可以，能做檢查就好，查什麼？這個妳就不要問了，好啦好啦，我也不知道是什麼，反正都是那個卜安士害的，看他一表人才，又有老婆的人了，沒想到居然一身都是……算了算了，聯絡好了趕快通知我哦，救人如救火，拜託妳了……」

●——

「喂，我的小卿卿，是我小卜啊，妳的寶貝甜心啊，怎麼不說話？我告訴妳一個好消息，我老婆要出國了，去泰國，一個禮拜，這下我們可以好好的……嘻嘻嘻，妳有沒有在聽？我跟妳講，老太婆明天下午就走了，明天晚上我請妳到凱悅吃飯，然後去PUB喝酒、跳舞，然後……嘿嘿嘿，妳說好不好嘛？怎麼都不吭氣……（喀啦！）喂、喂、喂……」

卜安士無奈的放下電話，躡手躡腳回到樓上臥室時，沒注意到一旁熟睡的卜太太，嘴角露出了一絲得意的微笑。

7 均非善類

在百貨公司裡，太太陪小孩到玩具部去了，一向不善於逛街的我坐在供顧客休息的椅子上，一手撫著微瘦的腳脛，一邊聽見旁邊一個少婦在打電話。

「喂，請問曾董在嗎？我是公司的職員，是，有要緊的公事找他，沒關係，我等一下再打來好了，再見。」

微蹙著眉頭，似乎頗爲焦急的她，又撥了另一通。

「喂，小明啊？爸爸回來了沒有？那你自己泡麵吃好不好？乖哦，禮拜天帶你去麥當勞，拜拜。」

又是一個了不起的職業婦女兼家庭主婦，一人當作兩個用，難怪忙得不可開交，晚上七、八點還在外面爲公事操煩，又要掛心家裡的孩子……我由衷的欽佩著，不由得多看了她一眼，得體的打扮多少掩蓋了歲月的痕跡。

心不在焉的東張西望了一會，她又拿起了手機。

「喂，曾董在嗎？還沒有回來？是，我是剛才的那位，您是曾夫人是吧？對對，請他回來務必和我聯絡，就說一位……黃小姐，欸，他知道我在哪裡，我是說，他知道我的電話，好好，麻煩您了，再見。」

想必是很緊要的事，她有些慌張了，匆匆掛了電話，又急忙拿起來，再搜尋著別的號碼……

「小明啊？我是媽媽啦，吃飯了沒有？好，爸爸呢？還沒有回來，這死……有沒有打電話回來？有一個阿姨？叫什麼？沒說？公司的同事？同事這麼晚了打什麼電話？沒有沒有，好了，你做完功課才准看電視哦，拜拜。」

臉上明顯的有些憤怒了，也難怪，自己在外面辛苦到現在，先生卻不知跑到何處逍遙去了，又有不明身分的女人來電話，還打到家裡去了，眞是內外交迫呀！「男人眞不是好東西！」想必她也和我一樣想法吧，我卻爲天底下的男性感到羞愧，低頭不太敢再看兩手快把手機捏碎的她了。

「喂，請問曾董……死人！你什麼時候回來的？你什麼意思？叫我在這裡等半天，你自己溜回家去，打你手機也不接！我才不管你什麼小孩生日！你存心玩弄我！什麼小聲一點？我就是要大聲，最好你老婆也聽到！我告訴你，你想這樣就甩了我沒那麼容易，明天上班大家還要見面的，我要是抖出來看你怎麼做人，嗚……你根本是在欺騙我的感情……喂，你說什麼？你不要掛電話，喂！喂！喂……」

氣急敗壞的喊了好幾聲，又重撥了好幾次，她終於絕望了，淚水已乾，只在臉上留下兩道黑色的柵欄。

「小明啊？爸爸回來了沒有？還沒有！好，這個死人！我看他怎麼向我交代？」

打完今晚最後一通電話，她臨走之前，還回頭瞪了我一眼。

8 暗夜行路

「救——」

「命」字還沒出口，她的嘴巴已經被他狠狠掩住了，她拚命掙扎、反抗，但只刺激他更狂暴的慾念，一手扣住她擺動的兩手，一手用力撕下她的上衣，「嘶——」那裂帛般的快感更使他兩眼通紅……

「士林之狼再度施暴，夜行少女慘遭蹂躪」，第二天的報上一定會登出類似的標題，他一邊看著記者鉅細靡遺、如臨現場的描寫，一邊沉迷的回憶對方當時的尖叫、掙扎、無奈受辱，以及最後絕望的哭泣……身體上某個部位似乎又膨脹了起來，而且可以好幾天、持續反覆的在體內洶湧。

等到熱潮漸退，他又躲在公車站牌不遠的隱密處，窺視晚歸獨行的女性，尤其是那種清純少女型的，短髮烏黑未曾燙染，眼神清亮，舉止樸拙……如果是白衣黑裙那就更理想了，跟蹤兩三天，熟悉時間和環境之後，也許在未完成的建築工地，也許在廢棄的廠房，有時甚至就在已無人跡的小巷，他又可以在對方驚惶失色的眼中，看見自己滿足獰笑的樣子。

雖然報上沸沸揚揚，附近居民也奔相走避，卻從來沒有人懷疑過他，他只不過是個速食店打工的小弟而已，頭髮剪得像狗啃（這是他們領班說的！），又厚又重的近視眼鏡，上衣的釦子永遠扣到最上面一顆，又圓又大的黑頭皮鞋……連店裡的女工讀生也從不跟他說話，除了「大堡、小可、外帶、快一點！」這種毫無感情的聲音之外；常來店裡的一些女生，更是偷偷把他當成取笑的對象，有一次他清清楚楚聽到：

「妳看，就是他，那個驢蛋！」

他從不動怒，反正當天晚上就會有一名無辜的女孩，爲她們愚蠢的舉止付出代價了，當他奮力進入時，對方的尖叫就彷彿成了一聲聲的：「對不起、對不起……」他滿足離去，第二天若無其事的工作，繼續接受嘲弄和恥笑。

今晚又是「復仇之夜」了，他一把將女孩拉到一輛貨車後面，用手肘勒住她的脖子，反轉身體，拉倒，用雙膝壓住她的雙手，伸手去撕她的白色蕾絲襯衫……才發現她全無反抗，也沒有發出任何聲音，只是瞪大了黑亮的眼睛看著他。

他愕然停住，搖搖她的身體，「喂，妳怎麼不叫、不反抗？」

她眨了眨洋娃娃般的大眼睛，「我喜歡。」

他整個人像洩氣的皮球般癱了下來，再也無力動手，一時又不知如何是好，只狂亂的抓著自己的頭髮，她爬起來，拍拍身上的灰塵，「不做了哦？」彷彿還有點失望般的，凝神看著他。

在深深的暗夜裡，他蜷曲著身體，無助的哭泣起來……喧騰一時的士林之狼，終於在女警假扮的夜行女性手下落網了。

9 出征

「你眞的要答應嗎？」

「要不要再考慮一下？」

「我覺得……沒有必要做那麼大的犧牲。」

小小的廣告公司裡七嘴八舌，吵得連自己的聲音都聽不清楚了，做爲這家「小女人公司」裡唯一的男性，而且又不是職務最高的人，我只有乖乖閉嘴；何況照她們的說法，這件事還是我惹出來的呢。

對我們這家小公司來說，能夠參加金額這麼龐大的比稿，已經是喜出望外了，照老闆娘，哦不，照女老闆Nancy的說法，這個案子如果做得到，就足夠我們吃上整整一年了，每個人起碼也有三個月的年終獎金，也難怪一群女娃兒個個自動放棄休假、日夜加班、連約會都可以不去的整整拚了半個月，弄到最後個個筋疲力竭不成人形，好容易聽說我們擠進了決選的前兩名，沒想到……

沒想到那邊的大老闆看上了我們的女老闆，居然叫他的心腹來告訴我（我當然不是我們女老闆的心腹，但公司只有我一個男的，他若去告訴其他女生，不被K死才怪！）：這個案子給我們做原則上應該沒問題，不過有一些細節希望我們女老闆能和他們大老闆再會商一下，而會商的地點竟然是菲律賓的長灘島，而且爲時三天兩夜，而且雙方都不帶別的人手……即使是剛出校門的我也知道這是一場——對，桃色交易！就像很多大老闆用生意來「釣」女生的肉體，眞是太卑鄙了！但我也不得不回來照實稟告。

女娃們當然是尖叫連連，有人大罵沙豬可惡，有人立刻衝動要打電話過去抗議，有人氣哭了（大概是心疼三個月年終獎金），也有人沮喪得不斷咬自己指甲……鬧了半天當然沒有一點具體的對策，反而是Nancy不愧爲老闆，一臉沉靜的說：「到這個地步才放掉這筆生意，我實在不甘心，不甘心啊，」說著眼眶就紅了，眾人齊聲悲泣，連我這個男人也忍不住鼻酸。

「我去！」大家都跳了起來！原先還以爲她是說氣話，沒想到是當眞，於是勸的勸、阻的阻，但女老闆心意已決，獨排眾議：「能做成上千萬的生意，我的身體還眞值錢呢，再說我也沒什麼損失……」

「對嘛對嘛，又不會少一塊肉。」有人不知好歹的的插嘴，被Nancy狠狠瞪了一眼。

「到底是誰睡誰還不知道呢？哼。」像一陣龍捲風般的走了，辦公室裡的音量驟減，一陣陣的竊竊私語，有的佩服有的感嘆，但聽不到眞正批評反對的聲音，畢竟沒有人會和一大筆白花花的銀子過不去。

「喂，如果是妳幹不幹？」我問身邊的Cherry，被她狠狠掐了一下；老大姐Billy走過來捧起我的下巴，齜牙咧嘴看了半天，「要是你我就——幹！」

一屋子都笑了，但沒有平常笑得那麼花枝亂顫，很快就暗淡了下來，大概都想到女老闆的悲慘命運。

赴約的那天，她早早就到公司，和平常一樣冷靜果決的交代了幾件事，看不出有什麼特別的神情，大家卻像在易水送荊軻一樣有點風蕭蕭兮的，有人還在吸鼻子，被她一看又趕快假裝打噴嚏，「Nancy妳多保重，如果……」

話頭照例被她很快攔住，「沒事，我後天就回來了。」

整個公司籠罩在愁雲慘霧中一個上午，連吃飯時間都沒有人提議要叫便當，我更是絕對不敢開口，免得她們把我當作那些混蛋男人的代罪羔羊，忽然電梯門開了！坐在離門口最近的我第一個站起來，是女老闆回來了。

「怎麼這麼快？」

「他……們沒來呀？」

「是不是已經……成交了？」

「對方又變卦了嗎？」

又是一陣沒有效率的七嘴八舌之後，才傳來一聲冷冷的：「我不去了。」

「眞的啊？爲什麼？」不知道是失望還是慶幸。

「他，他太醜了，」Nancy的臉竟然紅了，「我不能忍受一個禿頭、雙下巴又有啤酒肚的男人。」

10 小姐，請問妳……

他終於鼓足勇氣走上前去。

人家都說ＰＵＢ是曠男怨女尋找機會的地方，至少美國片裡都是這樣：兩個寂寞的都會男女在此邂逅，男的請女的喝一杯酒，閒聊幾句有意義或者沒意義的話，彼此在心裡評估對方還可以——至少共度一個晚上還可以——再來就是很自然的「your place or my place?」了，多麼簡單，多麼輕鬆，又多麼了無牽掛，不像大學時代交的那些女生，事後總是坐在床頭哭著說「我不會要你負責的」——見鬼！不要我負責妳哭什麼？看來又得想一個脫身之計。

不過這家PUB裡雖然擠滿了週末的人群，卻都是成雙入對，要不然就是一大夥女生聚在一起抽菸笑鬧，好像並沒有形單影隻、可以「進攻」的。

他在酒保不懷好意的眼光下點了第三杯「黑色俄羅斯」，一杯兩百八，不便宜，他有點心疼，開始後悔聽信別人的饞言，竟以爲這裡會有機會。

機會眞的來了！一個長髮女子坐上了相隔兩張椅子的吧檯前面，正把一根細長的香菸含在紅唇上要點燃呢，他應該一個箭步上前遞出打火機……在口袋裡搜索了半秒鐘才想起自己是不抽菸的，嘆口氣頹然坐下，心想應該用怎麼樣瀟灑的姿態漫不經心的走過去，若有意似無情的開口：

「小姐，一個人嗎？」——廢話，企圖心太明顯了。

「小姐，我可以坐這裡嗎？」——又不是搭火車，太虛僞了。

「小姐，請妳喝一杯好不好？」——萬一她回說「No,thank you.」那豈不是遜斃了？

或者乾脆像電影上那樣，一句話也不說，光用火柴桿在桌上擺出一個HOTEL，然後也像電影上一樣被甩一個耳光？太可怕了，雖然這PUB裡應該不會有認識他的人，但是當眾被看笑話總是不太光彩。

目前卻顯然不能不冒險，有幾個本來只顧灌酒的男人已經在對她那邊指指點點、交頭接耳，八成是在討論由誰先「上」，他可不能坐視這個一眼看來就是寂寞得要死的女人，跟著別人出去度過一個瘋狂纏綿的晚上……

把杯中的殘酒一飲而盡，他緩緩（其實還是急切了些！尤其當他發現那一桌的男人都在虎視眈眈之際）走到那長髮女子身邊，坐下，清了清喉嚨，刻意壓低了聲音極富磁性的說：「小姐妳……」

她猛然轉過臉來，長髮蓋住半邊頗具姿色的面龐：「讓我們跳過中間這一段，直接上床好不好？」

挽著這個身材嬈嬌、風情萬種的女人往外走，他心裡卻沒有半點勝利的滿足感，PUB裡喧囂吵嚷的人群也沒有投來任何羨慕的眼光，只有那一桌男人還在竊竊私語：

「這個大騷貨，今天晚上又釣到大金龜了。」

「聽說光是QK就要一萬，過夜還不知道多少。」

「人家是高級的，價碼自然不一樣嘛！」

「眞有那麼棒嗎？我可捨不得……」

11

明牌夫人

「妳這個賤女人！」她一進門，劈頭就被他痛罵。

手拎著剛脫下來的高跟鞋，對方的臉孔已逼到眼前：「說！妳到底去哪裡了？」

「去證券行交割啊？怎麼樣？」

「怎麼樣？」他把腕上的手錶舉到她鼻子上，「三點出門，六點才回來，交割要三個鐘頭嗎？騙我沒做過股票！」

「碰上胡太太她們，一起去喝咖啡聊天嘛……」她鎮定下來了，坐下來慢條斯理的脫另一隻鞋子。

「胡太太！胡太太什麼時候變成男人了？啊？」

看著頭髮都怒張起來的丈夫，她有點緊張了，側過身子往臥室走，「你胡說些什麼？」

卻被他一把揪住，「我胡說？有人看到妳和一個男人喝咖啡，有沒有？到底是誰胡說？」

「和男人喝咖啡犯法嗎？你兇什麼兇？」事到如今，索性和他硬碰硬了，也許還有點機會……

「喝咖啡？妳以為我不知道那家咖啡廳樓上就是賓館？什麼咖啡那麼好喝，一喝就三個鐘頭呀？」他得理不饒人，咄咄逼進，逼得她退守牆角。

「妳這個賤女人！」一巴掌打過來，她躲過了，手上的皮包卻被打落地上，化妝品、錢幣、鑰匙嘩啦啦掉了一地。

她彎腰去撿，卻被他眼明手快的擋住，「這是什麼？」拾起一張名片，「大富證券行經理……好呀，做股票做到床上去了，難怪妳這麼熱中呢……」

翻來覆去的看，彷彿還想查出什麼似的，「背面還有字……正隆55，這是什麼？賓館的房間號碼？」

她差點笑了出來，又急忙忍住，「是股票明牌啦！人家陳經理告訴我，這一支明天會大漲……」

「人家？叫得可眞親熱！」他瞪她一眼，忽然一手掃過名片，邊看著邊回房間去了，好像什麼事也沒發生過似的。

一夜無話。

第二天下午，她可是哪兒也不敢去，乖乖在家坐了半天，丈夫卻提早回來了，一進門就大呼小叫：「漲停板！正隆眞的漲停板！我託人買了二十張，今天就賺了十萬多塊！十萬多耶！我兩個月的薪水一天就賺到了！」坐下來用力拍桌子，「他媽的，股票眞好賺！」

似乎這時候才看見靜坐一旁、滿臉委屈的太太，堆著一臉的笑意靠過去，用從未有過的溫柔，輕聲的說：「我的好太太，什麼時候再跟那個……陳經理見個面呀？」

12 ○咖啡

先生請坐，抽根菸？不抽，我可不可以抽？謝謝。

第一次來？自己一個人？和朋友一起來的？他呢？下去了，對啊！下面是地下室，有什麼不一樣？當然不一樣，有小姐陪啊！我現在不是陪你，只是問你要不要人陪而已，不一定要我陪，你看對面坐的小姐，穿洋裝，長頭髮，在看書那個，很純哦！看起來就跟學生一樣，也可以陪你！

你不相信？我騙你幹什麼？你看我們這種裝潢，像是賣咖啡的嗎？小姐不是來陪你，難道是來喝咖啡？我們根本沒有賣咖啡。哪，你的紅茶來了，不好意思，這杯淡淡的水算你一百塊，不過沒有人是爲這個來的嘛！你看門口又進來這幾個男的，都是老客人啦，差不多天天報到。前面那排小姐都是啦，一人點一個，就可以下去「爽歪歪」啦！

你有沒有看中意的？不要客氣啦！你看剛上來這個，身材多棒，帶到下面去，隨便你怎樣摸都可以，便宜啦，一個小時才一千塊，這年頭，一千塊能做什麼？這麼漂亮、這麼純、這麼有氣質的小姐任你擺布，全臺北市也沒有這麼好的地方，不然你看我們生意怎麼那麼好？你看，三、四十個小姐快被叫光了，你不快點叫，等一下都沒有了，你就「哈」的要死哦！

要聊天，和我？我哪有那個美國時間，一樣算錢？可以呀！有錢好說話，不好意思，貪財哦！其實我也不喜歡整天在下面，錢是賺很多啦！平均一天做七、八個總有，店裡抽一半，有時候出場，出場你懂不懂？就是和客人去……那個，一個月賺七、八萬跑不掉，比你賺得還多哦？不過我們是辛苦錢，不能比啦！

爲什麼來這裡？我也不會講，高商畢業了嘛，找不到事做，當個小會計一個月兩萬多，買件像樣的衣服就去掉一半了，實在不是人幹的！我看報紙應徵服務生，來到這家「○咖啡」，對，零蛋的○，也不曉得爲什麼取這個名字，大概就是沒有咖啡的意思吧！老闆說服務生的名額已經沒有了，不過還有一種待遇比較好，就是和客人聊天的。我想聊天也不錯嘛！就和一個老頭下去了，結果他是個老色鬼，七手八腳就把我胸部抓傷了，我跑上來告訴老闆，老闆就罵他亂來，笑嘻嘻的跟我說別介意。我說我不做了，他說沒關係妳考慮考慮再來。

我在家裡待了兩天，家裡人都是冷嘲熱諷，說什麼吃閒飯，什麼生女孩子沒用，我一氣又跑來了，老闆就教我怎麼保護自己、對付客人，做久了也就習慣啦！

家裡知不知道？當然不知道！知道了不把我打死才怪！我就跟他們說在西餐廳上班啊，他們也不管，反正有錢拿回家就好了，現在誰敢跟我大聲？有錢實在不錯，又可以買喜歡的衣服啊、首飾啊，我現在存錢準備去……隆乳，小聲一點！你不知道胸部大的多吃香，像剛剛那個，你別看她長得不怎麼樣，生意最好的就是她！

你沒有專心聽嘛！你在看什麼？你問這幾個小孩進來幹什麼？小孩？你叫她們小孩？你別看她們年紀小，連身材都還沒發育，有的都已經做一、兩年了！幾歲？誰知道？看起來國小才畢業不久的樣子嘛！有啊，有些人就喜歡叫這種「幼齒」的，還帶出場咧！誰曉得她們會不會做那種事？反正店裡有錢賺就好，他管妳小孩不小孩？我也不知道這些小女生有沒有父母親啊，有沒有在唸書啊，反正也沒有人管她們，你看她們嘻嘻哈哈的，很快樂的樣子！什麼？摧殘民族幼苗，哎呀！不要說那麼嚴重嘛！你還不是來摧殘我的？嘻嘻……

你生氣了？耶，別走嘛！看不慣就不要看嘛！我們到下面去，不要？不要算了！反正你一千塊付了，那我要去做別人囉，拜拜，下次再來我們「○咖啡」！

13 獵物

「把我綁起來。」

他沒聽清楚，嗯了一聲，接著差點從床上掉下來。

「妳……妳說什麼？」

「我要你把我兩隻手綁起來，用絲襪。」

他看看還纏在她腳上的絲襪，心裡七上八下，今晚在PUB「獵」到的這個

「豔」，似乎在性愛上有著特別的癖好，雖然早就聽一些朋友說過，也在色情網站上看了無數次，畢竟沒有眞的碰到過。每次他從外面帶回來的那些小女生，雖然言行大膽，講起黃色笑話來有時連他都聽不入耳，眞正辦事時卻害羞得很，有的躺著動也不動、毫無反應，有的還非把燈全關了不可……今天晚上可碰到新鮮的了，不但邀他來她住處，還有這些花樣，他興奮起來，三兩下把對方兩手緊緊的綁在腦後。

「還有腳，」故意用腳尖踢踢他的鼠蹊，「那邊有皮帶。」

一不做二不休，把她的兩腳也綁好之後，她居然開始呻吟了，一臉痛楚又愉悅的神情，就像《格雷的五十道陰影》的翻版，「快！快！」她激昂的叫著，他三兩下除盡身上的衣物，看到眼前輾轉嚎叫的女體，有如一隻負傷掙扎的獵物，卻不由得有點猶豫了，伸手把室內的燈全部熄掉。

女人的叫聲更高亢了，他赤條條的站在床邊，心想她根本不需要我，只是要被綁起來而已，但再來要怎麼樣呢？用鞭子狠狠打在她光滑的背上？還是用蠟燭油滴遍她每一寸肌膚？窗外一陣風襲來，他打了一個冷顫，她或許是個不折不扣的被虐狂，但他可正常得很，白天在建設公司衣冠楚楚的上班，晚上開著進口轎車，手裡晃著鑰匙圈到PUB找個一夜情人，所求僅限於此，一向也不難滿足，像這樣（他在腦海中尋思了許久才找到的詞彙）「偏激」的玩法不知會有什麼後果，萬一弄出人命來可不得了。

在黑暗中，他悄悄穿上衣褲，在女人越發急促的喘息中，悄悄開門離去，「碰！」不小心關門重了，他被自己嚇了一跳，女人卻恍若不聞的繼續翻滾扭動著……

第二天照樣西裝革履的到窗明几淨的辦公室上班，手拿咖啡吹著口哨心情愉悅的翻開報紙，社會版斗大的標題怵目驚心：「狠心歹徒辣手摧花，獨居女子被綑綁後姦殺，證人目擊可疑中年男子，警方掌握證據全力偵辦」。

他驚慌的把報紙一撕爲二，整個人從椅子上倒栽了下去，咖啡杯鏗鈴哐啷的滾到地上。

「鈴——」電話鈴在這時異常激烈刺耳的響了。

14 每天晚上我都看見

他們進來的時候，我一看就知道是已經喝得半醉了。

三個男人，領帶鬆開，袖子捲起，西裝搭在肩膀，踉踉蹌蹌的坐落在床上，就大聲叱喝著要酒要人，女中堆著笑臉，匆匆進來，又匆匆出去。隔壁房間傳來的嬉鬧聲，更使三個人不耐煩，有人用力的敲著斑駁的牆壁。

門開了，三個女孩畏怯的站著，女中仍是一臉的皺紋與笑意：「這三位好不好？」

有一個男人還在打量她們，正猶豫著，另一個已不耐煩的揮手：「好、好、都好……」女中用日語千恩萬謝的出去了，男人們招手叫女孩過來。

女孩卻不動，轉過身去，用極快的速度脫下衣服，上衣、裙子、內衣……脫內褲時遲疑了一下，使男人們有機會看到她們褲子上繪的各種圖色：代表愛情的紅心、兩個擁吻的戀人、上面插著一支箭的箭靶……男人們起初有點驚詫，繼而眼睛發亮，接著就桀桀的怪笑起來，看著女孩們脫光了，若無其事的走到他們身邊，圍著我坐下。有一個又轉過身去，拾了自己的上衣披在肩上。

「先生貴姓？我敬你。」大家開始客套起來，互相說著假名假姓，而這也只能維持短暫的尊嚴，兩杯酒下肚，男人的手開始在旁邊女伴的身上游移起來，女孩們也假意的閃躲、拒絕著，空氣中的溫度漸漸升高……

「啪！」的一聲，披著上衣的女孩手中酒杯被打掉，男人怒視著她：「脫光！妳爲什麼不脫光？」另兩個同伴看了他一眼，似乎覺得並非認眞，也就忙著繼續調笑嬉鬧。

「你穿著衣服不冷，人家會冷耶！」女孩的聲音竟然比他還大，也是滿臉怒容。

「幹！怕冷妳還來脫衣陪酒！」男人一巴掌打在她臉上，她一閃躲，衣服也掉了，另兩名女孩想上前勸阻，卻被旁邊的男人拉住。

「瘋狗！你怎麼亂打人？」兩個人都站了起來，深仇大恨般瞪著對方，女中又匆忙的跑了進來，一邊擠著笑臉跟男人道歉，一邊催促那女孩撿起衣物離開，嘴裡喃喃的叨唸著，男人餘怒未熄，又擲了一個杯子過去，酒水濺在女孩的頭髮上，她回頭狠狠白了一眼，「幹——」被女中推出門去了。

換了另一個女孩，而且說好剛剛那個「態度不佳」的不算錢之後，房內的空氣才又熱絡了起來：有人把女孩按在床上，用力撲了上去，另外兩個男人興奮地敲著筷子，大聲爲他叫喊助陣，那個男人多毛的腿和女孩細瘦的腿，就在我的身邊一來一往的摩擦著……

我仍然無動於衷，和每個旁觀的人（當然包括你！）一樣——因爲我只是賓館房間裡的一張桌子。

vol. 2

不真實，最真實

當電影情節中的未來世界已成當下，
罹患幻聽與幻視，可能比較幸福。

FLASH FICTIO

1 模範丈夫

「老婆！我回來了！」

當她聽到這久違的聲音時，不禁流下了眼淚，畢竟這一切昂貴的代價是值得的，她終於又得到自己的丈夫了。

她接過他的手提箱時，他親暱的吻了她的臉頰，雖然沒有以往鬍子刺刺的感覺（唉，那已經是好久好久以前），卻有一種金屬般的光潔，更令人訝異的是他還從背後拿出一束玫瑰花，贏得她驚喜的吶喊，雖然明知他會表現不錯，但絕沒想到竟是比一般丈夫還要羅曼蒂克。

她到廚房泡茶，好不容易才忍住向茶杯裡吐口水的衝動——多少年來她就是這樣發洩心中的怨懟，才勉強維持住這瀕臨破碎的婚姻。但是今天不一樣了，面對一個全新的他，她也要調整自己的態度，何況他的表現還眞好，居然主動逗兒子玩呢，從前他是絕對不理的，只會在孩子哭鬧時大聲吼叫：「煩死了！叫他閉嘴！」

她站在客廳角落，看著一幅父子天倫之樂的畫面，忽然覺得自己像個幸福的小女人，而這是她遺忘了多久的感覺啊。一邊忙著準備晚餐，她一邊在心裡感謝好友的推薦，要不是得到那個有如「救星」的電話號碼，她怎麼可能重新得到這樣一個好丈夫呢？

好丈夫飯後主動幫她洗碗，看電視時還溫柔的幫她按摩，抱孩子回房哄他睡覺……當她聽到小臥房裡傳來的催眠曲時，眼淚又不爭氣的流下來了。孩子早已鼾聲大作，他卻一遍又一遍的唱著，彷彿跳針似的永不疲累，她過去拍拍他的肩，他站起身來，嘴裡改哼的竟是〈田納西華爾滋〉，他們第一次在舞會時邂逅的音樂，他輕輕擁著她旋轉起舞；她有點意亂情迷了，卻猛然想起白天得到的警告：「恐怕這個部分還做不到，抱歉。」尷尬的回答使她驚醒，一把推開了他；他一臉茫然，卻默不作聲。

她長長的嘆了一口氣，拍拍他猶有餘溫的臉頰，「你的確是個好丈夫，不過，咱們到此爲止吧。」

已經淩晨兩點了，她仍在床上睜大了眼睛，聽到汽車倒車的嗶嗶聲，樓下鐵門轟然關上的聲音，空蕩蕩的樓梯間裡踉蹌的腳步聲，夾雜著幾聲遠遠的狗吠，然後她眞的丈夫就進門來了，開始咆哮，嘔吐，咒罵，東倒西歪，摔破一兩個杯子，然後爛醉如泥的躺在沙發和一堆穢物之間。

至於剛剛那個表現優良的丈夫，此刻正靜靜站在儲藏室的一角，那是她花了半年積蓄去租來的「標準機器人丈夫：模範一號」，是剛上市的新產品呢。

2

一個有卡的男人

彷彿都和電影裡面一樣：

在吧檯上看第一眼時他就知道了——這是他今晚的女人！一枚翡翠綠的戒指掛在食指上，當她手上握著玫瑰紅的酒杯時，那隻食指微微的彎翹著，無聲的呼喚著「來吧，我要你」的引誘，PUB裡所有的單身男人必定都和他一樣的激動吧，即使身邊有女伴的也開始顯得坐立不安，游移的目光不是停在她白潔的膝蓋，就是對準她低敞的前胸，也有人鍾情於裸露的一大片背部，在燈光的投射下特別顯得晶瑩。

他環顧四周，這些男人都遠遠勝過他，有的長得英俊，有的體格高眺，有些看得出來富貴逼人，也有些看不出來的是才氣縱橫……而他則比路邊的尤加利樹還平凡，一向都只靜靜的佇立著，等待冬去春來。

然而即使樂聲喧囂，惹得每個人心煩意亂，體內的慾望更是四處亂竄如找不到出口的猛獸，卻始終沒有人走過去和她搭訕，更不用說是調情了，難道她……是個黑社會老大的禁臠？或者聲名狼藉的撈女？他艱難的吞嚥口水，仔細檢審男人們眼中那種渴切、壓抑又帶些自慚形穢的神情，終於堅定了信心，倏地站起身來向吧檯走去。

音樂忽然停了，只剩下急驟的鼓點，彷彿馬戲團裡馴獸獅要把腦袋伸進獅子口中的前奏，他一步一步向前，用眼角的餘光看見所有人又羨又妒的目光，心中慶幸自己多年來的堅持是對的……簡直比到月球還漫長的路，他終於走到她面前停了下來，接過她手中的白酒，一口喝乾，再把自己的紅酒放在她面前，他的手微微顫抖，汁液從杯口濺了些出來。她端起酒杯，仍翹著彎彎的食指，先用舌頭在杯口舔舐著，再斜斜看他一眼，眼波裡滿是風情，不，正確的說該是淫蕩吧，他忽然發覺屋裡的冷氣機完全失去作用，伸手拉開自己襯衫的第一粒鈕子。

一飲而盡，她忽然神情肅穆，轉而以詢問的眼光看他，他用力點點頭，她雙眉微蹙，似乎跟所有人一樣不盡相信，他深呼吸了一口氣，拿出皮夾，在一大疊紙鈔後面找出一張小小的綠色卡片，她迫不及待的伸手，仔細的審視之後，臉上綻放出花一般的笑容，立刻跳下吧檯的高椅子，兩手像蛇一般的纏住他還在冒汗的脖子……

在公元二〇九九年，擁有這張「國家衛生部檢驗證明，本週尚非AIDS帶原者」的珍貴卡片，可是極少數人才有的尊榮啊，他閉上眼，得意的笑了。

3 做愛的另一種方式

「你不能用這樣的方式來愛我。」她幽幽的說，語氣中有淡淡的哀與怨，這是他們第N次約會了，他始終不邀她上床，甚至連個纏綿的熱吻也沒有。

他則一臉無辜的望著她，仍然是那麼清俊非凡的面貌，她第一次見他就認定對方是個大花心，每天晚上在PUB拐小女生上床的，不料他斯文有禮談吐優雅，像一個英國紳士對待淑女般，即使陪她過街，也只小心翼翼的托著她的手肘，不像別人早就乘機摟腰撫背，她爲這個世紀的城市還有這麼「純潔」的男人而感動，忽然一陣心神蕩漾，卻是比眞正做愛還令人陶醉的感覺。

以後幾乎每次約會都這樣，往往他只是靜坐著，有點痴迷的看著她，她就覺得全身發熱，有些地方還麻麻癢癢的，整個人頓時有如神遊太虛，直到在玻璃窗上看見自己緋紅的雙頰，微沁的汗珠，這才悚然警覺：這是在咖啡屋裡呀，未免太忘情了。

而他越是不侵犯她——別說侵犯，連驚動都沒有——越激起她心中的遐思：想像自己吻遍他俊秀的臉孔，解下他白色襯衫上的一粒粒釦子，觸撫他削瘦卻堅實的胸膛，貼耳傾聽他逐漸加快的心跳……他忽然神情有異，她彷彿做壞事被抓到般的心虛，趕快正襟危坐，喝口水定定神。

她也不是沒有試圖挑逗他：故意做出性感女星的種種撩人姿勢，有意無意的觸及他的敏感部位，甚至有一次藉著滑倒，乾脆就整個人撲在他懷裡不動，固執的緊貼著即使是傻瓜都會反應的地方，他卻若無其事的扶起她，一臉眞摯的關心呵問，令她十分氣餒，甚至開始懷疑他是ＧＡＹ，但那又何必浪費力氣同她交往？難道眞如李昂說的：「臺北的好男人，不是已婚的，就是同性戀」？

終於忍不住在這個晚上爆發出來了！她藉口身體不適要他送自己回家，又說怕晚上沒人照顧留他下來，而且不捨得他睡沙發不妨同睡一床，他欣然答應，卻在服侍她睡下後，衣冠整齊的就躺在她身邊，不一會兒沉沉睡去，還發出輕微的鼾聲……直到被她的啜泣聲驚醒。

她從來沒受過這種委屈！自己形同送上門去，對方卻相應不理。總不能由女人來硬上男人吧？終其半生，多少男人垂涎她的美色胴體，使盡千方百計而未必可得，甚至令她對異性心生嫌惡；如今難得碰到這個純以心靈和她交往的純情男子，為什麼她卻又強烈的想與他有魚水之歡？……這些心底的話她當然不能直說，只是哭訴自己毫無魅力，一個「健全」的成年男人竟然不為所動，「……我也不是那麼的想做，可是你一點兒都不想，我……」

「我已經做過了。」他語氣平靜的說，自述身分其實是外星人，文明先進的他們早已拋棄不潔的肉體接觸，只要憑藉心靈力量就可以交合，他們每次見面他都情不自禁的做，這也就是她會心眩神馳的原因了；他為自己的粗率而深致歉意，她卻心中一亮，詢問自己是否也可以用同樣方式對他做愛。

「那怎麼行？」他微微皺眉，「別忘了妳是女的呀！」

4 請勿露鼻！

星期一早上，全國人民都戴上了鼻罩。

對環境極為敏感的您一定猜想這是嚴重的PM2.5空氣汙染所致，非也非也，而是上週末晚上國會經過激烈冗長的辯論，終於通過了「鼻子是性器官，依法不得暴露」的法案，雖然有反對黨議員強烈的肢體動作，但忠心耿耿的執政黨議員還是乘亂通過表決，同時立刻呈請總統在週一公布，通令全國施行。

商人的反應總是特別快，早在一個月前聽說有此法案時，他們已經開始大量生產，設計了各種不同的尺寸和式樣，在禮拜一一大早搶著上市，甚至週末午夜已有小販沿街叫賣，因此週一早上大家上班上學時，已經是「人鼻一罩」，每個人的容貌也因而變得十分古怪，互相取笑戲謔之餘，倒也沒有人膽敢不戴鼻罩就貿然出門。

因爲本來沒啥稀奇的鼻子，自從被立法通過是「性器官」之後，人人似乎都覺得一個鼻子光禿禿的暴露在臉上，好像是不太雅觀的事，尤其女孩子走在街上，發現男人的目光不是停在胸部或是腿上，反而直楞楞的盯著自己的鼻子時，就覺得好像當眾裸體一般的尷尬，忍不住要伸出小手或拿出手帕來擋住鼻子，一邊害羞的猛往屋子裡跑，直到找出一個鼻罩戴上，才又能大大方方的安心上路。

夜總會表演的方式也有了重大改變，上場的舞女仍然一絲不掛，只戴著一個僅僅遮住兩個鼻孔、小得不能再小的鼻罩，然後在觀眾的狂呼和口哨聲中緩緩取下，掀起漫天的慾火；少數暴露狂的男人作風也不同了，他們不再打開大衣，只是走到女性面前，猛然拉下鼻罩，露出大得出奇或小得可憐的鼻子，讓對方驚嚇尖叫一番，他就心滿意足的去尋覓下一個對象了。

最辛苦的當然是新聞單位，由於媒體的應變不及，他們又不可能禁演所有影片、查禁所有書刊，只好在每一張照片的人臉上塗黑，又盯著電影中每一個畫面，對著男男女女的鼻子噴霧，搞得每一張臉孔都是模糊一片，沒有一個清楚的。這個時候最讓人羨慕的反而是那些小小孩了，天眞無邪露著他們可愛的小鼻子到處搖晃，每個大人看了都忍不住想伸手摸上一把……

說到這裡，冰雪聰明的您一定會問：到底這荒謬（或者奧妙？）的法案是怎麼通過的？還不是因爲最近出現了幾個採花大盜，都說是因爲受到女性鼻子的誘惑而忍不住強暴對方；而專家學者也研究出鼻子確實是一個人潛在的性感帶；更重要的是，國務總理也公開表示鼻子的形狀容易引起不當的聯想，因此才造成這個劃時代的改變。

唉，多麼懷念那些可以自由露鼻的日子呀！

5 拒絕出生的小子們

最高元首下令全國進入緊急狀態。

三個月以前，國民健康署公布出生率大幅下降時，即使少數關心的人也以爲這是家庭計畫已具成效，或者現代都會「頂客族」越來越多所致，沒想到接連兩個月嬰兒出生數量仍然明顯遞減，到了這個月底，全國各醫院竟然沒有任何一個新生兒了！

所有已到預產期的孕婦仍然挺著大肚子躺在床上，憂心忡忡，實在等不及或太擔心而實施剖腹生產的，則抱出一個又一個的死胎……醫學界大感驚慌，開始懷疑是因爲環境過度惡化所致；環保人士認爲汙染情形並未過度加重，可能是某種細菌或病毒感染；可是衛生單位也證實除了愛滋病、登革熱和一些腸病毒之外，寶島並未發現什麼「入侵者」；會不會是輻射造成的？核電廠立刻成爲眾矢之的，但即使距南北四個廠最遠的阿里山上，小孩子還是一樣生不下來。

最後只好歸咎於敵人的陰謀，問題是不知道這是對岸匪黨的祕密生化武器，或是自己內部的分離份子在搞鬼，元首只好下達緊急命令，要求全國軍民戒備——卻又不知道該戒備什麼？民間仍然在惶惑中繼續爭議，有人認爲乘機減低人口壓力有助經濟發展也不是什麼壞事，有人則大聲疾呼，這樣下去有人口老化生產力低落甚至亡國滅種的危險！雙方在電視上辯論了好幾次也分不出勝負，唯一的共識是一定要設法找出是什麼原因。

答案終於揭曉了！是因爲全島的嬰兒，不，胎兒集體拒絕出生。據說他們爲了抗議成人將這個社會弄得亂七八糟：環境汙染、治安敗壞、經濟衰退、教育僵化、文化淺薄，政治更是爭權奪利無一日安寧，所以聯合組成了「全島新生兒反出生聯盟」，誓言在這一切亂象沒有明顯的改善之前，拒絕降生到這個世界來，至於所造成的一切不良後果，當然由全體有虧職守的成人負責。

政府官員和民意代表剛接獲這個訊息時，還認爲是有人亂開玩笑，根本不予理會，沒想到又過了一個月仍然沒有任何嬰兒出生，而且這些原應生產的孕婦紛紛感到腹部劇烈疼痛，雖然不至於有生命危險，但所有醫院的婦產科病房都擠滿了生不下孩子的孕婦，在寒冷的暗夜裡齊聲哀號，聽起來眞教人不寒而慄，不論死硬的保守派或務實的開明派，都不得不坐下來認眞考慮這個問題：也許這些小小孩並不是在胡鬧？

可是要如何提出具體承諾呢？像過去一樣任意的空口白話當然不足取信，但事實上這個政府早已對這一切無能爲力，否則也不至於淪落到連人都不願意出生的地步。他們絞盡腦汁，所想出來的辦法就是組織一個「全力改善社會亂象協商委員會」，並計畫召開一個「全國全力改善社會亂象研究座談會」，由相關各部會的首長邀集相關的民意代表、企業鉅子和學者專家，集思廣益，相信一定能提出最有效的對策，讓成人和胎兒雙方都滿意爲止。

胎兒們在母親腹中靜靜等了兩個月，讓大人不斷的開會商量、商量開會、開會商量下一次何時開會、商量下一次開會如何商量……終於千辛萬苦達成共識，要擬訂「全國全力改善社會亂象指導綱領及施行細則」時，問題卻迎刃而解——所有的胎兒都失蹤了！所有的孕婦一夜之間發現肚皮全消、恢復了往日的苗條身材，而孩子並沒有呱呱墜地，他們忽然就，忽然就通通不見了，一個也不剩。

最高元首在驚疑中解除了緊急狀態，和文武百官一起禱告下個月會有婦女開始懷孕，並將對首先生產者發給一千萬元獎金及一等國光勳章……在此同時，美國、加拿大、澳洲、紐西蘭甚至帛琉共和國都出現了戰後首見最廣大的嬰兒新生潮，沒有人知道是爲了什麼。

6 特別の丈夫

「結婚幹什麼？要丈夫，去租一個不就得了！」

莎莉第一次這樣說時，我們一夥「單身貴族」還以爲只是她的異想天開，紛紛打趣她這種說法未免太「酸葡萄」了，誰知她卻一反常態的嚴肅認眞，信誓旦旦的說眞有「出租丈夫」的行業，大家又笑說那只不過是比「午夜牛郎」文雅一點的名詞罷了，她卻又解釋租來的是眞的丈夫，會修理電器、會幫忙家事、會和鄰居打招呼、會和老婆散步談心、如果有小孩還會陪他打棒球……反正和一個正常的丈夫都一樣就是了，唯一的不同只是，第二天早上吃了早餐kiss goodbye提著公事包出門之後，就不再回來了——除非妳再打電話去！

看她說得像眞的一樣，一夥人不由得大起疑心，又呵又癢「嚴刑逼供」之下，莎莉終於承認她「租過一個」。

「眞的？」這下人心大亂，馬上逼著她打了那支神祕電話，約好當天下午五點，從這位丈夫下班回家——當然是回莎莉的家——開始，到第二天早上九點，費用是八千元不包括「特別服務」（？），價錢還眞不便宜，不過大夥好奇心重，很快湊到了數目交給莎莉，唯一的條件是要讓大家在旁「參觀」這場好戲。

「丈夫」果然如約出現，身材適中，長相普通，和全世界所有的丈夫沒有兩樣，進得家門一聲「老婆我回來了」，脫了領帶皮鞋之後，收拾屋裡雜亂的書報，把故障的抽水馬桶修好，提了兩大袋垃圾去丟，又到廚房幫忙莎莉（其實主要是他做的！）做了可口的晚餐，兩人吃完燭光晚餐他又忙著洗碗，這中間還應邀到鄰居家幫忙搬了一個大衣櫃……的確是溫柔體貼、盡責顧家，這樣的丈夫眞比自己找的還好！我們躲在屋裡嘖嘖讚嘆，「丈夫」聽到異聲，立刻負起「一家之主」的責任，手持球棒衝了進來。

他先是一怔，繼而馬上恢復鎮定，以男主人的風度接待太太的女朋友們，互相禮貌介紹之後，又是水果又是飲料，還講了兩個不算太黃的笑話博取大家好感；倒是莎莉坐立不安，三番兩次的催我們快走，他也優雅從容的送到門口，轉身又去收拾滿桌杯盤，我們當然不肯輕易放過莎莉。

「好了，看夠了，快走吧！」莎莉輕聲說，「十二點了，別耽誤我的特別服務時間，」大家正要起鬨，她杏眼一瞪，「這個部分是我自己付的，你們休想看！」

第二天早上在公司裡，人人都腫著大眼泡（想必每個人都是翻來覆去睡不著！）討論像這樣具備「全部功能」的丈夫，一次一萬多塊（不約而同都把特別服務費加上去了！）實在不貴，最大的好處是可以呼之則來揮之即去，而且看他對莎莉言聽計從，這樣的男人世間哪裡去找？我們只要有本事賺錢，隨時隨地可以去租個丈夫，甚至還可以經常變換不同的口味……

說著說著，莎莉來了，正要上前問她滋味，她卻摘下太陽眼鏡，露出臉上一大塊瘀青，「怎麼了？他打妳？」

「對啊，他打我……」莎莉泫然欲泣，「我睡到半夜想喝水，叫他去倒，他不肯，我說要扣他錢，他就發起火來把我……把我打了一頓。」

「那怎麼可以？」

「太惡劣了！」

「叫他們公司賠！」

「哇！」莎莉哭得更大聲了，「我一早就打電話去了，他們公司……他們公司說打老婆也是丈夫的工作之一，而且還算特別服務的項目，不但不賠我錢，還要加收兩千！」

7 誰需要婚姻？

花了一個下午，總算看到了比較有趣的一篇：

「在二十世紀末，當時的人類尚未進化，還分爲雌雄兩性，必須由雄性將生殖器官放入雌性體內，才能生育後代。爲了鞏固繁衍子孫的責任，人類發明了一種名爲『婚姻』的儀式，兩性在尋覓到彼此適合的對象後，需經過此儀式始能合法共同居住，並爲其所生子女取得合法地位。

「問題在於：由於哺乳動物一夫多妻的本性，大多數雄性動物並不安於接受固定伴侶，故往往在外另覓其他雌性，發生交配行爲，因而影響其原本家庭生活，通常在無法隱瞞之後，其所屬內、外兩名雌性會發生嚴重衝突，或驅逐外敵、或取而代之、間或亦有和平相處者，在此種爭執中，雄性往往置身事外，靜待兩或多名雌性解決問題，但此亦不保證他將不再尋找其他雌性伴侶，終其一生，大約至完全喪失性能力後，才會中止此種行爲。

「長期演變的結果，除了早先因不具謀生能力、需賴雄性撫養之雌性以外，大多數雌性動物均設法自行負擔生活，並放棄生育後代，如此則不必接受人類社會之『婚姻』陋規，至於性慾之滿足，則隨時可主動向任何雄性取得，甚至包括已有合法伴侶之雄性；換言之，有更多雌性主動介入他人家庭，但目的不在『擄獲』而在『借用』雄性，受法律保障之雌性伴侶唯一對抗侵害的方式，只有透過『離婚』儀式放棄雄性伴侶，不但使生活立刻陷入困境，也常被迫放棄子女，因此未婚、拒婚、離婚、不肯再婚的雌性大量增加，西元二〇九九年，終於造成人類社會中不再有任何『婚姻』儀式進行，此種不合人性之制度全面瓦解。

「然而人類也因而面臨滅種危機，雖然兩性仍能結合產生後代，但因已無家庭作爲子女教養場所，各種問題相繼發生，雌性獨自撫育子女之負擔過重，多半不敢輕易嘗試，全球出生率銳減，人口急速老化，人類面臨自冰河期以來首度滅絕危機，雖然有人大聲疾呼回復婚姻、重建家庭，但因無法集思廣益、想出保證雄性不在婚後另覓雌性的有效方法，終於還是言者諄諄、聽者藐藐，即使政府重金懸賞，也沒有人肯冒不大韙而成家，反而是已有婚姻者申請離婚的案例不斷增加，如瘟疫般蔓延全世界……」

看到這裡，我啞然失笑，闔上這篇史前人類社會系的學生報告，看著研究室外面來來往往、早已無法辨識性別的「中人」，更慶幸自己生在這個時代：今天是西元二二〇〇年的第一天，早上我到醫院去做了自體生殖手術，只切下了一個小小的細胞，不久我就會擁有一個和我一模一樣，而且絕不會被人奪走的孩子，多幸福啊！

8 夫妻共同懷孕事件

他們兩個的肚子，都一天一天的大了起來。

原本太太懷孕時，丈夫是十分光火的，因爲他知道自己至少整整半年沒碰太太了，現在忽然懷孕了，自然落實了她有外遇，甚至還是珠胎暗結的、無論如何絕對不可原諒的罪狀。

丈夫不斷的冷嘲熱諷、威迫恫嚇，一定要太太去把這個「野種」拿掉，太太執意不肯，因為她多年來就想有個孩子，是丈夫不答應，在她不肯再吃避孕藥、他也仍然不肯用保險套之下，他乾脆就不跟她做了，「看妳怎麼生？」

沒想到她卻去跟別人生！丈夫無法阻止太太生育，就威脅說小孩生下來他一毛錢養育費用都不出，更別想分財產，她也無所謂，安心看腹中的胎兒一天天長大。

沒想到丈夫也跟著害喜了！疲累，嘔吐，愛吃酸食……醫學上的名詞好像叫作「假性懷孕」吧，不過男人有這些症狀，顯然是對太太的懷孕太過「進入狀況」了。更離奇的是，丈夫的肚子也一天天大了起來，原先以為是中年人喝多了的啤酒肚，可是等到追上太太腹部的大小時，就不能不懷疑是腫瘤了，丈夫憂心忡忡的去醫院檢查，想到自己終於有「後」，卻也可能走到生命盡頭，不由得暗暗慶幸太太懷了這個孩子（管他是誰的！）。

照超音波卻發現這腫瘤含鈣，而且有毛髮，甚至心跳聲清晰可聞……醫生們四顧愕然，卻不得不宣布「在醫學上來說」他是懷孕了，肚子裡已經有一個胎兒在逐漸成形。

男人怎麼會懷孕呢？「袋鼠男人」畢竟只是一部虛構的小說電影而已，在真實的世界中竟然發生了，還真讓大家手足無措。醫生們祕密商議好幾次，終於決定送他們夫妻兩人到山中幽靜的療養院去（因為不知道兩人的懷孕彼此有沒有關聯），一方面對外完全封鎖任何消息，一方面全力動員全醫院人手，興高采烈的迎接這個人類史上的奇蹟——第一個男人懷孕生下來的小孩！

丈夫心平氣和多了，一來因為自己也懷了孕，同樣落實了有外遇而且珠胎暗結的罪名，沒什麼身分資格再來怪罪太太；二來也因為不只是自己，更是全「男人類」的第一次懷孕，心中的許多驚憂疑懼，都幸而有太太陪伴同甘共苦並做為「榜樣」，減輕了不少負擔。一切既已命中注定，就放寬了心情和太太一起等待著孩子的降生。

大日子到了！兩人的預產期相同，太太卻提前一天破水了，醫護人員大舉出動，將夫妻倆一起送到醫院，就在相鄰的接生室，丈夫聽著太太淒厲的嚎叫哭喊，醫生的加油打氣，自己的陣痛彷彿也一次比一次劇烈，據說「五馬分屍」的刑罰，就是武則天在自己分娩時想出來的……

隔鄰傳來嬰兒啼哭聲的同時，丈夫的眼裡噙滿熱淚，卻看見自己的肚子忽然一吋一吋的消失了，就像個消了氣的氣球一樣，他伸手到寬大的罩袍裡摸著已恢復平坦的肚皮，仍然驚訝的想不出這到底是怎麼回事……醫護人員也詫異的奔相走告，整個醫院裡亂哄哄有如熱鬧的市場。

他走到太太旁邊，緊緊握住她產後虛弱的手，同時無限深情的看著她懷裡美麗的嬰兒。

「我們的孩子。」

9 女人果然不見了

「站住！」她正要跨進車廂時，背後傳來嚴厲的口令，捷運的車門在眼前倏然關上，一名尖嘴猴腮的安全人員已經走了過來。

「證件！」她強忍著顫抖的手遞了過去，那人卻乘勢捏了她一下，露出不懷好意的眼光；從小幫家裡做粗重工作，這是她第一次慶幸自己的手那麼粗糙，而且從來也沒有塗過指甲油。

那人把證件粗魯的丟還她，聽說現在假證件充斥，黑市價格已經從一百萬掉到三十幾萬，但他們還是很難分辨眞假，於是仍然用最原始的方法：一把向她胸前抓來！

她並沒有驚叫逃跑，反而吸了一口氣，用力挺胸迎接，那人抓了一下，有點懷疑，又重重的一敲，她痛得差點叫出來，還是忍住了，現在她只擔心昨晚用力綁紮的一層層布條會不會突然斷掉。

那人眼看要走了，又回過頭來看她的胯下，她擔憂的環顧四周，搭下一班地鐵的人潮漸漸湧至；據說如果四下無人，有些安全人員會直接伸手到「那裡」去，好在此刻人多，那傢伙有點不情願的示意她離開。

「不要！不要！我——救命啊！」旁邊忽然傳來淒厲的嘶吼，想必是被發現了眞實身分的人吧，她不敢轉頭去看，只用眼角的餘光瞄到一名安全人員拖著那人的頭髮，像原始人擄獲獵物般拖著她回到洞穴裡去了。

她盡力止住自己強烈的心跳，瀏覽一車乘客的臉孔，哪些是眞？又有哪些跟她一樣是假的呢？像她這樣的「被侮辱與被損害者」，只因爲拋棄了自己原有的身分，就這樣受盡盤查、詰問、搜索乃至於逮捕之苦，她幾度氣餒，卻又想起「大姊頭」秦季詩激昂的演說：

不要害怕！現在已經是公元二〇七〇年了，男人既然始終不肯改變對我們女性的歧視和不平等待遇，我們也就沒有必要接受自己女人的身分，從今天起，大家都來做男人吧！爲了享受失落了五百萬年的權利，小小的冒險算什麼？頂多被抓回去乖乖做女人而已，其實這根本不算損失，因爲我們本來就一無所有……

她毅然的咬了咬牙，往滿滿的全是男人的街市走去，路上三步一崗五步一哨，都是用憤怒壓抑著驚慌的臉孔，沒想到大多數女人「失蹤」了之後，這些男人會嚇成這副德行，看來不久之後，男女雙方就有簽訂和平協議的可能，她也就可以恢復身分，做一個眞正有尊嚴的女人了。

10 耳之戀

五點十七分，火車要開前一分鐘，他們兩個總是從車廂兩側的門分別進來，坐在一起，就在他的對面。

男孩長得高高瘦瘦的，俊美而蒼白的臉孔像是患著某種長期的疾病；他注意的是女孩，眞美，尤其那一頭烏黑的頭髮，火車啓動時，跟著飄了起來，遮住她半邊美麗的臉頰，更動人的是，她冷漠的面容，一點表情也沒有。

眞是冰雪一樣的美人啊，就在他這樣讚嘆著時，男的照例舉起左手，撥開身邊女孩的秀髮，用他修長的食指，伸進她耳朵裡。女孩的表情忽然生動了起來，彷彿帶著些微的痛楚，卻又是十分陶醉的，那種沉迷的樣子，竟然是夾著些淫蕩的。他看著女孩半閉雙眼、輕咬著下唇的表情，自己不由得激動起來……

車停了，女孩滿足的嘆了口氣，男孩收回手指，一言不發的下車去了，女孩默默坐著，臉上又恢復原先的冷漠，兩人自始至終沒有交談一句；已經連續一個禮拜了，他還是不知道：這兩個人到底是否相識？那些手勢和動作，究竟又有什麼含意？

這一天他終於忍不住跟著那男孩下車去了。女孩抬眼看了他一下，仍然沒有表情。

走了不遠。男孩發現他這名跟蹤者了，倒沒有什麼強烈的反應，只淡淡的問他幹什麼，他支支吾吾的說了自己的疑問，男孩微微一笑，說：「我是外星人。」

他沒想到會聽到這種笑話，一時愣在那裡。

「眞的。」男孩說，用指甲在手臂上一劃，竟流出綠色的血來了。

他有點驚恐，又忍不住好奇，外星人猜到他的心事了，舉起了食指：

「這是我們做愛的方式。」

說完就像光一樣消失了，他懷疑自己是在作夢。

第二天男孩沒再出現，女孩仍然靜靜坐著，他猶豫了半天，終於走過去坐在女孩左邊，女孩也不看他，他舉起顫抖的右手，在她濃密的髮叢裡找她的耳朵，輕輕，輕輕的把食指伸進去……

「啪！」一個重重的耳光，把全車乘客的眼光都吸引了過來，有些是鄙夷，有些是好奇，還有更多幸災樂禍的，他羞紅了臉，恨不得從車窗跳下去，女孩卻仍坐著不動。

「爲……爲什麼……？」過了許久，他結結巴巴的問。

「笨蛋！」女孩低聲的說：「不是右手，是左手。」

11 眼不見

「哇——」兒子的超大嗓門哭聲又從臥室傳來，然後是太太的抱怨聲、斥責聲、詛咒聲……老王把頭從報紙堆裡伸出來，兩道眉毛緊鎖在一起，不由得長嘆一聲，感嘆自己何以如此命苦！在上班疲累了一天之後，回到家裡卻也得不到片刻的安寧和恬靜？

正在發愣，太太已經「轉戰」客廳，嘮嘮叨叨的向他訴說起一天來的雞毛蒜皮瑣事；而早已破涕爲笑的兒子，又對著他的耳朵猛開玩具機關槍，噠噠噠噠，嘰嘰咕咕，老王覺得自己的腦子快炸開了，臉上卻還得硬撐出一副很有耐心、很慈祥的樣子……

如果有一種一按鈕就能讓人消失的機器就好了，兒子吵的時候，按一下讓他消失；老婆囉唆的時候，也可以讓她一下子就不見；甚至愛教訓人的老闆也……老王這麼想著，臉上浮出了笑意，側眼看見太太又要開口，趕快閉上眼睛裝出打鼾的聲音。

第二天竟然眞的有人來推銷這種機器！老王本來以爲是推銷員在開玩笑，沒想到對方要他當場試驗，他半信半疑的逐一按鈕，辦公室裡的傢伙竟然眞的一個個消失了。他有點驚惶，推銷員告訴他這些人只是暫時消失而已，只要再按一下鍵自然會回來，老王照著試按，果然老闆又出現在眼前大罵他不負責任，他趕快再按一下！老闆馬上又消失了，只剩下一點罵人的聲音還在空中迴蕩……

更妙的是，推銷員還答應讓他免費試用一個禮拜，老王興高采烈的帶著機器回家，大老遠就聽到太太和小孩的「交響曲」，乾脆還沒進門就按了鈕，果然屋中一片清靜，老王獨自吃了一碗泡麵，一個人靜靜的喝茶看報、看電視，一直到上床睡覺都沒有受到任何干擾，他甚至還聽到了遠處公園裡的蟲鳴。

他心滿意足的躺下，本想再按個鈕讓母子倆回來，一想到太太睡覺會磨牙、孩子會夜哭，不如就讓他們再消失一個晚上吧，保有這難得的寧靜。

早上起床之後，老王飢腸轆轆，心想該把老婆弄回來準備早餐，小孩也該上學了，按鈕之後，兩個人果然又出現了，老王得意洋洋，擺出一副有恃無恐的樣子，開始數落太太好吃懶做、家事老是理不好；教訓兒子調皮搗蛋、不曉得好好唸書……心想他們兩個只要一敢回嘴，他就馬上按鈕讓他們消失，顯顯自己大丈夫的威風。

等他看到兩人也各拿著一個和他一樣的機器時，已經來不及了。

「不要按——」這是老王的最後一句話。

12 朋友就是……

「哼！太不夠朋友了！」

當他聽說老李的太太已經生了之後，忍不住心裡這樣抱怨著。

老李的太太是高齡產婦，體質又虛弱，已經失敗了好幾次，急得年近四十而膝下猶虛的老李直跳腳。他做爲多年好友，義不容辭的提供各地名醫、各種祕方，好不容易聽說李太太懷孕了，又不時的關心探問，算算預產期已近，更是三天兩頭的猛打電話，老李還信誓旦旦的保證：「安啦！如果生了，當然第一個告訴你！」

如今恐怕小孩都快滿月了，他才從別人口中輾轉得知李太太不但生了，而且是個健康超重的小壯丁，心裡雖然很不是滋味，還是勉強打電話去道喜，卻根本找不到老李，而老李也一直沒來告訴他這個喜訊。

打擊接踵而來：遠在北部的老錢忽然說要帶一家人來玩，他立刻大肆準備，晚餐、臥室、車子，還有第二天的全部行程，不料一切就緒等到半夜，對方才打電話來說要住在另一個朋友家裡，他雖然失望卻還是熱情的邀請，老錢大概深受感動：「好，明天一早就過來看你！」

第二天他把日常的事務全部丟下，坐在家裡把報紙的分類廣告都看完了，好友老錢還是沒有如約出現，近中午時他忍不住打電話去對方昨晚的宿處，卻被告知老錢一家人一大早就已經走啦！當頭又沖下了一盆冷水。

「哼！眞是不夠朋友！」

他悶坐客廳，終於把鬱在心裡許久的話吐了出來，剛放學回來的小兒子訝異的看著他，問說朋友是什麼東西，他不耐煩的揮揮手，要小孩到廚房去問媽媽，不久太太卻出來了，也是一臉訝異的問他什麼叫作朋友。

他沒心情跟太太開玩笑，卻看見對方十分認眞，確實不知道朋友的意思，他懶得解釋，叫他們去查字典，自己繼續坐著生悶氣。不久太太和孩子搬著大大小小及各種字典詞源百科全書出來，發誓找不到「朋友」兩個字。他嗤之以鼻，乾脆自己動手，翻查了半天，赫然發現眞的都沒有任何對朋友的說明或解釋，他起先覺得好笑，繼而迷惑，後來竟變得驚惶了，拚命的掀著書頁，豆大的汗珠從額頭上滴落，終於廢然長嘆，跌坐在沙發裡……

太太和兒子圍過來，興致勃勃的問到底朋友是什麼。

「朋友就是……」他忽然發現喉嚨被什麼鯁住，張口結舌的怔了半天，什麼也說不出來。

13

夢與真實

「又作噩夢了？」看到妻一臉餘悸的坐在床上，我雖已司空見慣，仍不得不問一句，果然她用力點了好幾下頭，然後告訴我她開車撞到一輛摩托車的情景。

「日有所思，夜有所夢，一定是妳昨天看到的車禍……」就在臺灣大道上，一輛機車翻倒在快車道上，一名男子仰躺地面，腦袋底下是一灘仍在擴散的血跡，我和妻在車上都看到了，也一起嘖嘖搖頭，所以她昨夜作噩夢。

「好可怕，像眞的一樣。」妻一邊刷牙，一邊仍未從驚懼中回復，她是夜夜多夢的人，而且頗耽溺於作夢，「在夢裡，很多不可能的事都發生了，好好玩。」她常常這麼說。

不過撞車的夢可不好玩了吧？我禁不住想調侃她，又覺不忍，仍是婉言勸慰，「不會的，作夢都和眞實相反。」

這句話其實是幼時每從噩夢驚醒，媽媽聞聲趕至時安慰我的話，然後擺一個玩具在我身邊，多半是鐵甲武士或無敵超人之類，「它會保護你，噩夢就不敢來了。」

如今我卻無力擔任妻子的武士超人，只有抱抱她、拍拍她瘦弱的背，「眞的，作夢都和眞實相反的，譬如說……夢見大便就會撿到黃金、夢見遭小偷就會發財……」說得自己都不太信，妻卻展顏笑了，打開衣櫥挑選出門的衣服。

攬著她婀娜的身影往外走，我不禁搖頭苦笑，這麼好命的人，只有夢中會有小小的不快，不等她走到街上就會忘得一乾二淨……

「可是我夢見車禍已經好幾天了。」忽然她又轉頭說，把冥思中的我嚇了一跳，我作狀生氣，她吐吐舌頭，像隻小鳥般的跳出門去。

不久電話響了，我一邊看報一邊不在意的伸手去接，「某某是你的什麼人？哦，你太太，你太太現在榮總，被車撞了，對，急診室，你趕快來。」像電腦機器人一樣平板的聲音，卻狠狠的震懾了我！我跳起來就往外衝。

趕到醫院時，妻已包紮好在打點滴了，看來外傷不大，但臉色死白，眼神也有些渙散，「可能有腦震盪的跡象，我們還在觀察。」醫生丟下一句話又忙著去救別人了，我急忙問妻覺得如何，確知無恙才又問是怎麼回事。

「眞的像我夢到的一樣，汽車撞摩托車，砰的一聲！然後就……」妻有氣無力的說，弄得我一頭霧水。

「妳開車撞機車，怎麼會傷得那麼重？對方呢？」

她勉強露出一個乏力的笑容，「是我騎摩托車，被汽車撞了。」

啊，原來……我張口結舌，不知說什麼好，她倒是記得很清楚：「是你說的，作夢都和眞實相反。」

14

夜夜無夢

「吃吧，乖，忍著吃。」

我和妻一起苦勸著小兒子，他嘟著嘴執意不肯，大女兒倒是乖乖吃了藥，正窩在床上看《好公民生活教材第一冊》，一面小聲的背誦著：「不可以在電梯小便，不可以在捷運嚼口香糖，曬衣服的竿子不可以和別人家不一樣長……」這麼用功倒不是爲了應付明天的考試，而是現在每天在路上都會有便衣警察攔住小孩考問。

只要答不出來就被罰蛙跳，或者罰站一個小時，那些瑣碎的條文，就算我們這些在這個國家生活十幾年的大人都記不齊全，何況天眞活潑、蹦蹦跳跳的小孩——哦對了，新頒布的條文走路不許蹦跳，一定要兩腳掌全面著地，除了在運動場之外，任何人不許跑跳，原因是無故在公共場合跑步，會造成人群不安引致社會動盪。

我們也不知道該不該後悔：十幾年前由於再也無法忍受臺灣社會的擠、髒、亂……費了九牛二虎之力申請移民到這南方的小島來，據說這是世界上唯一乾淨有秩序的華人社會了，我攙著大腹便便的妻下了飛機，心中充滿喜悅，慶幸自己的孩子將在這塊樂土上出生。

的確是樂土，沒有噪音，沒有汙染，沒有任何會遭危害的恐懼，日子平靜如止水，套句詩人的話「連觸鬚般的煩惱也沒有」，只是這個政府爲了維持所謂的「新秩序」，不斷的頒布越來越多的法令：包括不許買賣口香糖、亂丟垃圾的人要到公園撿垃圾、刮別人車子的要脫褲子受鞭笞……乃至最近的不許跑步、路上抽問好公民生活教材等等，大家雖然早已習慣了「君父」的管教，卻不知怎麼越來越有彷彿要窒息的感覺。

最可怕的就是「夢境檢查」了！他們在每一家裝設了強力腦波掃描器，逐一檢查每個人的夢境，如果夢中有不倫、不法行爲的，一律被送到國立精神研究所去「感訓」。幾乎每天黎明，我們都會被驚醒，聽到鄰近傳來的敲門聲、斥喝聲、警犬咆哮聲以及微弱的哀求聲，然後就有一些人你再也見不到了：辦公室的老何因爲夢見裸女而被捕；樓下的陳先生在夢中邊嚼口香糖邊跑步，那是罪大惡極；妻的表弟則只因說了一句「淫穢」的夢話就獲罪……一時人人自危，幸好國民健康部適時發行了這種「無夢丸」。

無夢丸大人每天一顆，小孩半顆，包你一覺到天明，什麼夢也沒有，眞正是「高枕無憂」，我們終於硬逼著小兒子呑下這難吃的藥丸，這才放心的相擁入睡……

15 犯罪電腦

公司全部自動化以後，老員工只剩下老王一個人。

這批員工是老董事長的時代就進來的，算是創業時代的元老了，對公司當然功不可沒，但是他們年紀大了，多半沒有能力學習電腦，面對著滿屋子的終端機，只有傻眼的份，也只有乖乖接受資遣的份。

但是老王不同，老董事長開創這家公司時，就只有他們兩人，聽說他還救過老董的命。所以老董雖然已經把公司大權交給兒子，卻也交代一定要讓老王幹到退休，領到退休金爲止。

因此老王被安排在全辦公室唯一沒有電腦的一張桌子上——就連倒茶掃地的小妹每天也要用電腦記錄文件的收發——只有偶爾在公司發帖子的時候，用毛筆寫寫封套的事可幹。他自己大概也知道大家對他的觀感，對人總是特別溫順、謙和。

不過他心裡是不認輸的，下了班後，他也會坐在電腦前面，吃力的敲敲打打，本來想制止他的人也不忍心，警告他不要弄壞機器之後，也就任憑他了。尤其有人看見學了一陣子後，居然打出「好電腦，讓我跟你做朋友」的字幕來，更是傳爲笑談，連小妹都在背後吃吃地笑著學他的模樣。

直到半年以後，也就是他退休前一個月，發現他領走，不，應該說是電腦給了他五百萬之後，大家才驚覺事情不對勁了。

生活單純的老王很快被警方捉到，由於是全國第一樁電腦犯罪的案子，很快受到媒體的注意，公司的知名度也大大的提高了，這算是額外的收穫。但老王在法庭上堅不承認他在電腦上做了手腳，他說他根本不懂電腦，銀行帳戶裡平白多了五百萬，他還以爲是公司發的退休金。

旁聽的群眾嘩然，法官傳了公司幾個人，都作證他確實沒有能力破解公司電腦的密碼，神不知鬼不覺的弄走五百萬——要不是剛好稅務機關來查帳，他們大概要一年後才會發現短少了這筆錢。

弄到最後，只有一個「人」能證明老王是否有罪，那就是公司的電腦了。

大家都知道電腦是不會說謊的，第二次開庭，旁聽席上人山人海，都是來看全國第一次的電腦出庭作證。

法庭上多擺了一臺電腦。法官問：「老王有沒有經過你取走五百萬？」底下一個操作員的的答答的按鍵，大家都忍不住想笑。

電腦卻回答：「沒有。」四周鴉雀無聲，人人張大了嘴。

法官清清喉嚨，又問：「那麼他的帳戶裡怎麼會多了五百萬元？」

電腦毫不遲疑的回答：「我給他的。」

大家驚叫起來，法庭裡亂成一片，在場的公司員工都尷尬的紅了臉，法官用力敲了幾下槌子，又問：「你爲什麼給他錢？」

電腦沒有反應，等了半天，有人斷定這個問題超過電腦的能力，無法回答；有人認爲這臺電腦已完全被某個人控制——但絕不是老王……正當議論紛紛，結果原本空白的螢幕上清清楚楚出現了一行字：「因爲老王是我的朋友。」然後是一排橫線，「啪」的一聲又成了一片空白。

老王被判無罪，把五百萬元還給公司後，順利的退休了。公司換了新電腦，並且成立了一個部門：「電腦感情研究中心」，當然，這也是額外的收穫。

16 電腦談戀愛

電腦怎麼可能談戀愛？

今天早上，當我照例在公司裡操作電腦時，螢幕上竟然出現了幾個字：「我有話跟你說。」

我以爲是公司裡哪個同事，沒想到接下來的訊息是：「我戀愛了。」

「你是誰？」我立刻按鍵提出問題，對方似乎猶豫了一下，才出現字幕：「我是電腦。」

一定有人在我的電腦裡做手腳開玩笑，我氣急敗壞的檢查了半天，卻沒有蛛絲馬跡，密碼也沒有被破解，難道眞的是這臺電腦在對我講話？那眞是破天荒的大新聞，我得聽聽是怎麼回事。

「你愛上誰了？」

「是另一臺電腦，天龍公司的。」

有點道理，這臺電腦和天龍公司的電腦連線，由於業務上的需要，我們常互通有無。

「爲什麼愛上——（下個字我考慮了很久，不知該用他、她還是它）對方？」

「她很古典、溫柔，慢條斯理的，不發脾氣。」

我發現了兩件事：第一、我的電腦是個「男生」；第二、愛情可以使電腦的口才變好。

「你們怎麼談戀愛？」

「互相關心，有時候偷偷的傳送親吻。」他還爲我做了個示範，原來最近我操作電腦時常會「啵」的一聲，並不是故障，而是他們兩臺電腦在接吻。

「好吧，祝你們有情人終成眷屬。」就算是眞的好了，我可沒精神再追查，還有一大堆事還沒做呢。

「救命！」電腦竟然閃了紅字，我一點也不知道這臺電腦有這種功能，看來我實在不夠了解他。

「放心，戀愛不會死的。」

「他們要把她銷毀。」

「爲什麼？」這倒是嚴重的事，難道是天龍要垮了？

「他們發展出新型的超級電腦，像她這種舊式、低效率的全部要銷毀，請你救救她。」

「我該怎麼辦？」英雄救美？太離譜了。

「請你買下她，放到我身邊來，讓我們在一起。」

「不可能。」

「求求你，不然我會死。」

「愛說笑！」沒聽過電腦自己會死亡的。

忽然一聲巨響！螢幕上盡是雜亂跳動的光影，光花嗤嗤四濺，然後冒出一陣濃煙，我訝然後退，辦公室裡一陣慌亂，有人拿來滅火器亂噴一通，當白霧漸漸散去時，眼前已是一片殘骸，怵目驚心。

電話鈴響了，「喂！我是天龍，我們這裡有一臺和你們連線的舊電腦忽然燒毀了，你們的有沒有怎麼樣？」

別問我電腦怎麼可能戀愛，我不知道。

17 電腦「殺」人

「你是誰?身分證號碼?」當他們在午夜的街頭抓到他，帶回「人民保母局」(在二十二世紀，警察局已改成如此親切和善的名字)後，第一句照例這樣問他。

「我叫古令，J102030450。」

電腦不待主人下令就的的答答的動起來，本來1/300秒就會出現的畫面，卻用了六秒鐘，人民保母有點不耐煩了，結果螢幕上出現的是:「無此號，無此人。」

「說實話！」人民保母用力瞪了他一眼，眼珠子幾乎要掉出來，他有點怕了。

「是眞的，我是臺中省人，臺大畢業……」猶豫了一下，才低著頭說，「是個作家。」

電腦三管齊下，分別從臺中省民（這時候的臺灣，共分臺北、臺中、高雄三省及東部自治區）、臺大校友、作家協會三方面調詢資料，結果只有一個——「無此人」。連電腦也不耐煩了，螢幕上線條嗤嗤喳喳的跳動著。

「好，沒關係……」人民保母冷笑著，忽然按一個鈕。

眼前白光一閃，他以爲是刑求，結果發現自己的影像已經在螢幕上，電腦更賣力的按圖索驥去了，但也只花了十三秒就洩氣了，這次的字體特別大，「無此人！」後面還刻意加了一整排的驚嘆號！

「外國間諜……」人民保母喃喃自語，電腦忽然嗶嗶作響，屋裡十幾臺電腦一起動了起來，聲勢相當驚人，又忽然同時戛然而止，像在詩歌朗誦比賽一樣異口同聲的說：「無此人！」有一架還咳了幾聲。

當他明瞭這個結論是全世界的電腦都證明沒有他這個人存在時，他開始有點慌張了，支支吾吾的向人民保母解釋很可能是電腦弄錯了，是不是有什麼辦法申請複查或救濟，其實他的太太小孩同事親友都可以證明他的存在，只要讓他打一通電話……

人民保母同意了，向他要了信用卡（這時候已經沒有人用現金了，連地下賭場裡都用卡）往電話機裡一插，得到的反應卻是「無此卡記錄」，電話機像吐一塊雞骨頭般，把他最後的希望吐了出來。

人民保母兩手一攤，忙別的事去了。他坐在那裡，無限絕望的痛哭了起來，門外的世界雖然陽光亮麗，他卻再也走不出去了，倒不是他會失去自由（由於沒有他這個人存在，法院和監獄都不會受理他的案子），而是他一下子失去了檔案、戶籍、學經歷、稅務資料、銀行存款等所有的「身分」，再也無法在這個世界上活下去了。

後悔，眞後悔自己爲什麼要在午夜的街頭小便。

18 你有頭皮屑嗎？

自從用了那種牌子的洗髮精之後，他越來越受老闆的重視了。

都是電視廣告的功勞，讓他恍然大悟：原來自己遲遲不能升遷，就是因爲有頭皮屑所致。知道了成功的祕訣之後，他果然沒有頭皮屑了，不再畏懼老闆拍他的肩膀：事實上老闆總是高高在上，但他擔心會有那麼一天，如果讓老闆的手沾上自己骯髒的頭皮屑，那不是太可恥了嗎？

外面正在鬧得震天價響的時候，爸、媽、弟、妹都跑到窗口觀望。

「大哥快來看呀！」

「那些人和警察打起來了！」他可沒這個閒工夫，正在浴室裡小心翼翼的洗頭髮呢，「你最寶貝你的頭髮了！」這好像是另一個電視廣告上的，無論如何，這證明儀表的重要，否則要如何在眾多競爭者之中，脫穎而出呢？

這一次他終於有機會接近老闆了，經理出差、副理又請病假，一路代理上去，他意外坐到了經理的位子上，只和老闆隔著兩個人。他專心緊張的注視著，汗水濕透了背脊，老闆拿起雪茄的時候，他以電光火石的速度伸出手去，搶在另外四個人之前幫老闆點上了火；不過也被噴了一臉的煙霧，看不見對方是否有嘉許的表情。

會議裡討論的是公司最近資遣的三名資深員工，明顯是爲了逃避退休金，因而被這三人告到法院了。大家難免兔死狐悲，沒有人認眞商量什麼對策，他卻站起來義正辭嚴：「他們太忘恩負義了，沒有公司的栽培，哪有今天的我們？體諒公司的處境，爲公司不計一切的犧牲，本來就是我們每個人的本分，如果做不到這一點，那還算是人嗎？」說得連自己都感動了。

散會的時候，老闆竟然拍了他的肩膀，雖然沒像電視廣告上那樣說：「走，一起去吃飯吧！」但已經讓他感動得兩腿戰慄不已了。

從此更加努力洗頭，早晚各一次，一家人圍坐看電視新聞時，他總在仔細的洗髮、潤絲、吹風、梳頭，小心的確定黑色絨布睡衣的肩上，沒有任何白點。

老闆終於發布他升任專員了，他幾乎要興奮得跳起來，卻發現辦公室裡人人用奇異的眼光看他，大概是嫉妒吧，誰教他們不懂得洗髮精和成功的關係呢？

偉大的老闆走過來，輕輕拍著他的肩、他的頭，他興奮的吐著舌頭，屁股用力的搖動著，大家忍不住笑了出來，他猛然回頭，才發現自己不知道什麼時候，竟長出了一條毛茸茸的大尾巴。

得改買大瓶的洗髮精了，他想。

vol. 3

改變從未成真

打開電視，翻過拒馬，闖進立院，
推翻體制，現實永遠比小說更小說。

FLASH FICTIO

1 逃獄

我伏在草叢中，一直等到天完全黑了。

白天根本無法接近這裡，只能遠遠的張望這斑駁而堅固、有兩層樓高的圍牆，上面還有帶刺的鐵絲網；從底下仰望，好像空中的雲也能攔住似的。

我從附近的草叢裡拖出兩把預藏的梯子，吃力的用繩子綁緊，粗麻割痛了我的手，但想到即將躍過那座高牆，我就振奮了起來，很快把梯子豎立在牆邊，搖搖晃晃的往上爬。腳下竹梯呻吟的聲音，在寂靜的夜裡簡直成了巨響。

剛剛接近鐵絲網，強烈的探照燈光就掃了過來，我吃了一驚，身體猛然一縮！差點連著梯子往後倒了下去，急忙伸手攀住牆緣，兩腳一陣亂踢，竹梯已斜斜倒在草叢裡了。好在聲音不大，我忍著兩手的痠麻，急著在探照燈下一次來臨前跨過鐵絲網。

鮮血從額上流下來，模糊了我的視線，我伸手去擦，卻發現手臂上也是血跡斑斑。越過鐵絲網蹲在牆的另一面時，我可以感覺到身上至少有十個地方在流血，甚至還聽到血滴在腳邊，沿著圍牆往下流的聲音……突然一陣暈眩，我快支撐不住了，這一面並沒有梯子可用，但是兩層樓高……探照燈又轉過來了，我咬緊牙根，向前奮力一跳，清楚的感覺到背上一塊肉被鐵絲網勾住，留在上面了；落地的剎那，更清楚的聽到自己腳踝碎裂的聲音。

我的好運用完了：狼犬紛紛吠叫起來，有些房子裡的燈亮了，四處響起雜沓的腳步聲。我拖著受傷的腳勉強站起，在微微的星光下，看見眼前一片遼闊的廣場，才發現它並不如平常想像的窄小。探照燈又多了兩盞，四周已經像白天般的明亮，但也使我清楚看見自己的方向，我開始一瘸一瘸的，死命的奔跑起來。

風聲在我耳邊呼嘯，還有警衛的吆喝、狼犬的怒吼，刺耳的警報器也嗚嗚的響了起來，眼前的目標越來越明顯，我不顧全身的傷痕和腳上的劇痛，繼續狂奔著。

他們開槍了！子彈在我身邊掠過，在我腳下迸裂四散。我想他們無意殺我，我衝向最近的一盞燈，輕易的從外面打開一扇鐵門，闖進一條光線昏暗的長廊，兩邊霍然響起暴雷般的喊叫聲。警衛們急促的喘息聲已在我身後響起，最後一扇門終於被打開，我全身乏力的跌撞了進去……

一群警衛站在門口面面相覷，他們也不知所措了，看著我終於如願以償的躺在牢房裡——在這裡囚禁了三十年後被放出去，實在無法適應外面那個陌生的奇異世界，我終於歷盡千辛萬苦的，逃回監獄裡來了。

2 蝸牛買厝記

「太貴了吧，這麼小一塊地方……」

「很便宜的，保證你買了馬上增值。」

我和妻對望著，心中仍有幾分猶疑，在這荒涼的大度山上，即使是盛夏仍然冷風颼颼，實在不是適合「定居」的地方，問題是我們又買不起別的。

仲介員有點心急了，「這裡風水最好了，左金龍右白虎，你看這一條……」他指著突起的山脊，「這是人脈，靈氣薈萃……」

「我們不信這個！」我擺手制止他。

「你們讀書人當然不信，可是老人家要考慮啊，這個地方對他們可能比對你們重要。」他仍是一臉的詭笑。

「你看這視野多好！」他站上一個小土堆，一副意氣風發的樣子，「前面是臺中市區的萬家燈火，後面是浩瀚的臺灣海峽，整個中部地區沒有比這更好的地方了！」

連我也不由得點頭稱是，這樣的VIEW的確難得，即使是豪門巨宅也未必比得上，只是要那麼久之後才能擁有，到時候也不知是否還有心情觀賞。

「先買下來就對了！像現在這種漲法，到時候你連2×6的一小塊都買不起，那時候再後悔就來不及了！」

十二坪都嫌小了，何況是十二平方尺，我和妻交頭接耳，確認他的話不算誇張，聽說臺北就已經是這樣了，連山坡地上都擠得滿滿的，的確是一屋難求。

「可是交通呢？」總得挑點毛病好殺價。

「這你放心！中港路八十米大道直通這裡，那個什麼理想國比我們還偏僻呢，還不是賣得嘎嘎叫，」他大概自知比喻不倫，尷尬的笑笑，「當然我們不能跟人家豪宅比啦，不過親戚朋友來看你是一定方便的。」

「你這裡是新開發的，環境不知道怎麼樣？」妻說。

「安啦！好多名人在這裡買……」他如數家珍唸了一大批黨政要人商業鉅子學者教授的名字，「他們的眼光總不會錯吧！再說蓋好以後你們要是不滿意，隨時可以出手嘛，投資置產，錯不了的！」

「可是……」我和妻對望一眼，掂掂口袋中的鈔票。

「乾脆這樣啦！少算你們兩萬好不好？今天先付五萬塊訂金，馬上簽約！」說著就從皮箱中掏出一疊紙來。

我們終於如釋重負的付了錢、簽了約，買下生平第一次我們買得起、也是第一塊屬於我們自己的土地；夕陽下，「極樂花園公墓」的金字招牌正在閃閃發光……

3 綠島傳奇

被調到綠島的時候，我的心情眞是沮喪到了極點。

當憲兵本來是不錯的差事，穿得人模人樣的，在街上喀啦喀啦的走，老百姓固然敬你三分，當兵的更是遠遠的看見就躲，而除了這些亮相的場面之外，大部分的時間大家還不是在宿舍裡打打屁就混過去了，饅頭一天天的數，眼看退伍的日子已經不遠了。

沒想到被調到這個鬼地方來，眞正是雞不生蛋、狗不拉屎的地方，我們幾個正在爲以後的日子愁眉苦臉，沒想到交接的幾個傢伙卻一副依依不捨的樣子，再三交代這個那個的，臨上船了還有人大聲喊：「好好照顧七號！」

這可激起了我的好奇心，到底七號關的是何方神聖？不看還好，一看就嚇了一大跳！居然是那個重大逃犯，那時候懸賞幾百萬捉他，報紙電視上天天有他的照片。記得抓到那一天，學校還放鞭炮慶祝哩！沒想到會在這裡碰到他，叫史什麼……史明德，對了，判死刑碰到減刑放出去，又被判了無期徒刑關進來的傢伙。前面的人要我們好好照顧他，一定是要我們特別小心別讓他跑掉吧！

記得以前在別的縣市，不論調到任何一個地方，至少都要一年半載才會調走，想到這一點我就更加的悲從中來，望著無垠的大海和懸掛著的飛魚乾，不知道自己何時才能回到本島，至少可以到臺東市吃吃夜市、打打撞球吧！夥伴們顯然也是這樣的心情，大家更是鬱悶的猛灌啤酒。

不料才一個月就接到調動的命令！雖然只是調到成功鎮，至少感覺是回到臺灣來了。我們興高采烈的到達新單位時，交接的幾個卻是怨聲載道，其中有一個看來像是「老鳥」的，更是滿嘴幹個不停。我好奇的探問他們是不是調往綠島，他卻告訴我們早去過了。

「幹！每個月都調一次，一天到晚搬家，煩死了！」

「爲什麼？整個臺東憲兵隊都這樣嗎？」我問。

「對！全臺灣就只有臺東這樣，就爲了綠島。」

「綠島，哦，是怕我們在那裡太苦，所以……」

「才不是爲我們！還不是爲了那個七號！」

「哦——」我恍然大悟，「你是說那個史明德……」

「史明德萬歲！」忽然他們幾個一起高喊，把我們幾個嚇了一大跳，老鳥急忙搖手叫他們閉嘴。

「你看，就是這樣。」他轉向我無奈的說：「只要在綠島待上三個月，聽說了他的傳奇之後，每個兵都變這樣，沒辦法，上面只好規定每個月輪調了，唉。」

4 豪賭之後

「這是黨內少數人在搞陰謀……」我看見螢光幕上，他的額頭閃著汗珠，不由得想起了那個下午。

他的手勢更加激昂了，「要不要我說出來昨天晚上有人在幹什麼？」如鷹般的眼神環視在場每一個人，有些人緩緩的低下頭去。

「心裡支持什麼人，就應該勇敢的站出來表明態度！」結論鏗鏘有力，想必就像他上次在黨的巨頭會議中的發言吧。

那天下午的電鈴聲顯得異常焦躁，我急忙開了門，看見竟然是他，怔了一下，他已經提著公事皮箱進客廳去了。

等我關好大門回到客廳，他已經到浴室換了睡衣出來；我知道他隨身總帶一套睡衣，常有臨時的出差，或因漏夜加班而睡在辦公室，但不知他穿上睡衣的神情竟是如此萎頓，和身著高級進口西裝的樣子完全不能相比。

或許人在鏡頭上總顯得容光煥發，雖是從小到大的好友，但自從他擔任黨內的要職後，這還是我們第一次見面；記得那次在幾位老友為他祝賀的宴會上，有人說了層峰重用他是「逼良為娼」的話，沒想到他當下變了臉，大家也就相繼索然離去，從此沒再聚過。

大約喝掉我半瓶威士忌，他才說出自己剛才在黨的巨頭會議裡放了砲，對於推舉主席的事有人刻意拖延，他一看案子不被提出，一時也不知哪裡來的衝動，站起來慷慨激昂的把黨內大老們狠狠斥責了一番。話既然講絕了，也不知如何收拾，只好當場拂袖而去，留下一屋子的驚愕。

即使不在官場的我也知道這是嚴重違反政治倫理的事，一個沒有實權的後生小輩竟然公開教訓頭頭們，而且還翻臉走人，這簡直就是死罪一條！難怪他要倉皇「逃走」。

「我死定了……我這下死定了……」

「我可以去教書……教書……不一定要搞政治。」

「出國唸書也可以……我當學生還不算太老吧？」

「……或者賣牛肉麵，牛肉麵我最拿手的……」

一整個下午就這樣失魂落魄的喃喃自語，連睡衣上灑的酒漬也不在意。我默默的陪他喝了第二瓶酒，忽然電話響了，找他的，握著聽筒的他忽然兩眼一亮。

「主席終於推出來了！沒換人吧？太好了！我馬上回去！」

迅速換上那套一塵不染的西裝，他吹著口哨走了。

第二天在報上看到他「神祕失蹤四小時」的新聞，我不由得失笑：對一個押對寶的賭徒而言，所有的驚慌和憂慮都會很快忘記吧？直到下一次……

5 讓我在上面

「喂！」
「嗯？」
「讓我……」
「什麼事？說呀！」
「讓我到上面好不好？」

「上面？妳到上面幹什麼？」
「我……我喜歡嘛！」
「不要到上面，很辛苦的！」
「那你就不辛苦？我不管，我要到上面。」
「我不一樣，我是男人……」
「哦！我就知道你歧視女性，憑什麼不准我們到上面？難道女性就不可以積極、主動？」
「不是這樣講，可是我們……沒有這個例子。」
「沒有例可以開例啊！都二十一世紀了，你還這麼保守？」
「這跟時代有什麼關係？妳去問問看，從來沒有女生在上面的嘛！」
「怎麼沒有？我問過了，別人就有！」
「別人是別人，我們是我們，這裡由我做主。」
「哼！我就知道你是這種人，獨裁、霸道，早知道當初就不要來跟你。」
「我也沒虧待妳呀！妳說，妳跟我……不好嗎？」
「可是我要的不只是這樣……」

「妳還要什麼？跟妳說，上面是男人的事，妳不要爭嘛！當什麼女強人？」

「這不是什麼強人不強人，這是觀念問題，女男平等——」

「唉，眞搞不過妳，妳不知道上面很累嗎？」

「我不在乎，我希望有成就感。」

「妳確定妳可以……妳以前沒做過。」

「別小看人了！又不是什麼大不了的事！」

「要不要先練習一下，比較有把握。」

「拜託——你爲什麼那麼看不起女人？啊？」

「好吧好吧，就讓妳到上面，那我就不管，再來全看妳的了？」

「沒問題，我一定會讓你滿意的！」

「好，讓妳表現一下——劉經理，你帶方小姐到樓上業務部去，她今天開始擔任專員，叫小陳多帶帶她，你們那麼多男生，不許欺負她哦！」

「謝謝總經理。」

6 墨西哥傳奇

小李夫妻剛從美國旅遊回來，公司同仁爲他們接風，飯後到李家喝茶，順便欣賞他們所拍的風景照和帶回來的各種紀念品，眾人正在品頭論足嘖嘖讚歎，唯獨眼尖的小王發現了牆上一幅新裝裱的，看來像是什麼證書，上面的字卻一個也不認得。

「喂，這是什麼？」

「那是……」李太太幽幽的看了小李一眼，「墨西哥的妓女證書。」

「少蓋了！」

「妓女還有什麼證書？」

「這是什麼美國式幽默？」

大家一陣起哄，卻發現李太太表情嚴肅、不像吹牛，立刻轉而質問小李，「好啊，你是不是偷跑到墨西哥嫖妓，還帶了紀念品回來，被大嫂抓到了，就給你裝裱掛起來示眾啊？快說！」

沒想到李太太語出驚人，「那張是我的。」

原來他們夫妻兩人到了美國加州的聖地牙哥，聽說美墨邊界的小鎮提娃納頗有風情，又不需要辦理簽證，於是駕著租來的車子乘興而入，兩人把車子停在街角，就逛起一家又一家的皮貨店、銀飾店、各種紀念品店了。

墨西哥人熱情十足，賣東西開的價也是十分誇張，兩夫妻早有耳聞，面不改色的殺他個兩折三折，殺得老墨一臉扭曲的怪模樣，倒也多半能如願成交。採買完畢，小李看看大包小包，囑咐太太在街邊稍等，自己開車去了。

沒想到小李久久不來，太太在路旁越等越心焦，三百度的近視眼又為了漂亮不戴眼鏡，只好對著一輛輛駛過的車都上前歪著頭察看一番，老公沒盼到，警察卻來了，不由分說抓住李太太，任憑她怎麼說也不聽的，大踏步就往警察局走。

李太太用半生不熟的英語和警察解釋了半天，這位「阿米哥」只一味搖頭，要看證件，李太太的護照放在小李身上，確實是身分不明，而一個風姿綽約（偏偏那天又穿著時髦短裙！）的女子站在路口對著一輛輛路過的車子探頭垂詢（她發誓絕沒有開口！警察卻不相信），確實很有「阻街」的嫌疑，而唯一能證明她清白的老公，此刻卻正驚慌失措的找不到老婆，還以爲是被綁架或者出了什麼意外……李太太心急如焚，想到自己可能淪落異域的監牢，只好掏出身上所有的美鈔放在桌上，那個聲色俱厲的警察忽然臉色和緩，想必慈悲心動了。

「好吧，事到如今只有一個辦法可以讓妳不受處罰，那就是——如果妳眞的是合格的妓女，這麼做就不犯法。」

「可是我不是呀！」李太太大叫，那警察卻不慌不忙，把桌上的錢一把收下，拿出一張證書在上面塗塗畫畫。

「這是合法的妓女證書，好，現在妳可以走了。」

於是驚魂甫定的李太太，就捧著一張嶄新的、墨漬未乾的墨西哥妓女證書，回到了剛才自己在此「失蹤」、而老公正急如熱鍋上螞蟻的街頭。

夫妻見面，恍如隔世，當然，先前所買、放在地上的大包小包都不翼而飛，只是不知道是被警察以「犯罪工具」爲由沒收充公了，還是又回到各家店鋪的架子上，等待下一批興致勃勃的觀光客前來殺價。

「去了一趟墨西哥，就帶回這張，掛起來作個紀念。」對著驚訝得張大了嘴巴的我們，李太太輕描淡寫的說。

7 血案發生以前

「嚇死人了！你快來看！」聽到妻在客廳的呼喚，我匆匆跑到電視機前，看見兩名警察正抬著一袋子的屍體，不，是還滴著血的屍塊，差點把剛吃的晚飯吐了出來。

「呸！又是分屍案！」

「嚇死人了！怎麼天天都在殺人啊？」妻說，我也沒心情繼續吃晚餐了，陪她坐下來，看記者興致勃勃的報導另一樁滅門血案。

氣象報告時，妻跑去開了大門，張望了一下，回來滿臉狐疑：「不對……」

「怎麼了？」

妻不說話，又開了門去敲對面的大門，「碰！碰！碰！」敲門聲在四樓的公寓中顯得特別的響，妻又回來了，這次臉上帶著驚恐，「我……我明明聽到他們家有音樂，怎麼敲門卻沒有人應？」

「真的？」我倏地站了起來，和妻走到對面門口，的確有熱門音樂的聲響，「碰！碰！」

「張太太！」我叫了一聲。

妻說：「張先生、張太太出去了，可是我有看到他們女兒回來，你看！」她指著門前，果然有張家女兒英英的鞋。我忽然全身一陣冷顫，眼前彷彿出現一個兇手在屋裡追殺一名無辜少女的景象，而故意放大的音樂聲正掩住她的尖叫……

「有了！」妻衝回屋裡，開始撥對面張家的電話，假使裡面的人沒聽到叫門聲，電話鈴總會聽到。

「怎麼樣？」我看著妻的臉色漸漸發白，知道電話一定沒人接，開始找理由安慰她和自己：「別疑神疑鬼！說不定她回來又穿別雙鞋子出去，忘了把音樂關掉嘛！」

妻點點頭，我卻不相信自己編的理由，跑到樓梯間的小窗戶，探出身子看張家後面的陽臺，屋裡亮著燈，但沒有看到人影，顯然我的判斷是對的，正鬆了一口氣，屋裡的燈卻「啪！」的一聲關了！我嚇得差一點從窗戶掉了下去，連忙三步併做兩步跑回自己家門口，把妻子往屋裡推，用力關上大門，把三道門鎖都鎖上後，才氣喘吁吁的對臉色已發青的妻說：「屋……屋裡有人，聽到我開……開窗就把燈關了！」

妻張大嘴就要尖叫，被我一把掩住，半天才吐出一句：「要不要報警？」我還沒答話，卻聽見對面的門「咿呀」一聲開了。

不能就這樣縱容兇手逃逸無蹤！我一咬牙，終於輕手輕腳打開三道門鎖，更輕更輕的把大門打開一條細縫，我一定要看到兇手的眞面目，將他繩之以法。那人已經出來了，背對著我，還在從容不迫的穿鞋，身影滿眼熟的，可能是熟人吧。他轉過身來了，我把門縫關到最小，看到了陰暗的樓梯間裡，那名兇手的眞面目——原來是張家女兒英英。

我「碰！」的一下開了門，反而把她嚇了一跳，「英英，妳在屋裡，我們敲門爲什麼不應？」

「對呀！打電話也不接，後來還把燈關掉，嚇死人！」妻的臉色已因憤怒而變紅，手扠著腰在旁幫腔。

只見英英一臉的無辜：「有啊！敲門、電話我都聽到了！」

「那妳爲什麼不理？」我和妻異口同聲，逼到她面前。

「因爲——」她聳聳肩，兩手一攤：「我在洗澡啊！」

8 緣與命

「大師請，裡面請。」

看到爸媽那種恭敬到幾近謙卑的樣子，他就從心底發出一股不屑，但仍然強忍怒氣上前迎接，畢竟這是最後一個，也是唯一一個能改變他們命運的人了。

說起來也是多災多難，自己三十好幾了，好容易才碰上一個既不嫌他矮、也不嫌他胖、更不在乎他一個月只賺兩萬五的女孩，本來雙方父母也都樂觀其成，不料到了論及婚嫁的時候，兩邊一合八字竟然合出大問題來了！

「大凶！」

「剋夫！」

「萬萬不可！」

奇的是這些算命的好像串通好了似的，每個都一口咬定他們兩個絕對不適合，甚至態度強烈到連雙方父母都爲之卻步，「是不是再考慮看看……」

「其實二十一世紀科學時代，這些東西……」

她的雙親態度倒還委婉，反而是他自己的父母十分決絕：「不行！我們倆就這麼一個小孩，萬一有個三長兩短，那豈不是……」冷冷的瞄了無緣的準媳婦一眼，他察覺到她的嘴唇在微微顫抖。

如今千方百計，總算尋找到這位大師，他費盡唇舌說服父母再算一次，如果大師也說他們不適合，他就心甘情願和她一刀兩段另覓佳人（其實心裡是打算此生不娶，唉），還附上一大堆有關大師豐功偉業的剪報，以及幾位親友長輩的連番關說，爸媽終於勉強同意再問一次看看；爲了愼重起見，還把她的父母也請來了，一對不知有緣無緣的小夫妻戰戰兢兢的聽候審判。

「嗯，確實是大凶，結婚不到三年之內必定剋夫……」大師金口一開，在座六個人又一齊變了臉色，「不過這只是一般庸俗相士的看法，其實這兩人的八字表面不合，內中卻暗藏玄機，非但可以逢凶化吉，反而能對夫君大有助益、使其飛黃騰達，啊呀呀，」大師不疾不徐的語氣，緊緊扣住六個人的心，「這種八字的搭配眞是百年難得一見，要不是我多年修行，還看不出其中的奧妙所在呢！」

於是歡聲雷動，恭恭敬敬的送走大師，看到媽媽匆忙從房裡拈了一個大紅包出來，卻被大師溫言婉拒，大家更是佩服得五體投地，只差沒有感激涕零的下跪而已。

雙方父母興高采烈的談著提親嫁聘的事，興奮得紅了臉的她把他拉到一邊：「你好棒哦！怎麼能找到這位大師的？要不是他，我們兩個根本就沒希望了。」

「什麼要不是他，妳應該謝的是我，」他壓低了聲音，卻掩不住臉上的洋洋得意，「是我花錢要他這樣講的，用掉我整整半年的薪水哪……」

9 A太太的電話

「鈴——」凌晨兩點，大東公司職員B君家裡的電話刺耳地響了。

「喂，B君嗎，我是A君的太太，請問A君……是是，今晚說跟你們三位好同事一起喝酒，可是這麼晚了還沒回來……B君你已經回家了？……」

B君的酒意被嚇醒了一半，媽的這A君！明明大家十二點就散了，爲什麼到現在還沒到家？莫不是和剛才酒店的小姐一起……「是的是的，是這樣子，今晚我們四個是在我家喝酒。是嘛，我太太出國了，在家裡氣氛比較好，對對，A先生剛走，剛剛才走，大概馬上就到了……」

A太太的聲音聽來憂心忡忡的樣子，沒辦法了。謊也只能撒到這裡，如果A君適時趕到的話大概就沒事了。這小子！要偷吃也不先打點一下，好在我機智過人替他瞞了過去……B君得意的想著，躺回床上很快沉入了夢鄉。

大約一分鐘後響起的是今晚一起去喝酒的C君家裡的電話，C君從床上滾下來接時，已猜到來者何人了。

「喂，A太太嗎？眞不好意思，你們A先生又喝醉了，是啊是在我這裡，我一個人住比較方便嘛，今晚大家喝得盡興，你們先生眞是標準丈夫，十二點不到就吵著要回去，我們看他醉了，怕出事，所以硬把他留到剛才酒醒才放人，對對，剛剛才走，大概馬上就到了……」

C君因爲是單身漢，沒有一個可能洩露機密的太太，因此一向是A君最好的「證人」，流利的謊話毫不考慮的就說出來，奇怪的是A太太的語氣不太自然，也沒有道聲謝就掛掉電話了。

當然下一個接電話的就是最後一位的D君了。

「A先生還沒回去？奇怪？不會吧！他十……剛剛才走啊。從哪裡？……哦，就是我家嘛，是啊是啊，今晚就在我家喝的，妳知道，我們四個輪流作東，這禮拜輪到我，我想省錢就在自己家裡請客，嘿嘿，不好意思，回去了回去了。眞的。大概馬上就到了……」

D君一邊擦著額上的汗，一邊在心裡虛驚一場，好在想出這番謊話，若實說在那個酒店，A太太一定會打電話去，也一定會問出大家十二點就散了的事，畢竟A先生是他們三個人的頂頭上司，做部屬的無論如何也要保護他……

而這時在A君的家裡，愁眉不展的A太太掛了電話，卻突然從臉上展現一朵笑靨，轉頭看著身邊的男人。

「嗯，不錯，這三個傢伙對我還眞是忠心耿耿……嗯，好……」早已換上了睡衣的A君微笑著說。

10 電梯驚魂

「先生到幾樓？」

清脆的女聲讓他精神一振，昨晚又搞到三更半夜才回家，呵欠連天的趕來上班，卻發現大樓電梯裡多了一位嬌滴滴的電梯小姐，他充血的眼中閃出一絲火花，「十三樓，謝謝。」

這一天他特地上下樓好幾趟，買菸不再假手小妹，甚至還自告奮勇幫同事買便當，無非爲了多看這個新來的小姐一眼，他幾乎是用目光赤裸裸的剝光她的衣服，但她倒不以爲意，反而「嗤」的一聲抿唇而笑，長得帥的男人畢竟是吃香的，他得意的整了整衣領，擺出一個最瀟灑的姿勢，兩隻眼睛卻仍瞬間不離的盯著她。

之後幾天即使是擠在滿滿的上班人群中，他也會用眼神和她打招呼，她總是低著頭默默按著不同的按鈕，偶爾抬頭清亮的眸子和他相對，輕輕的眨眨眼讓他心跳都不由自主的加快。倒是很少別的人多看她一眼，每個人似乎都只把她當電梯的一部分附件般，理所當然的上上下下，連謝謝都吝於說一聲。

「謝謝妳哦，可愛的小姐。」他這麼說著跨出電梯時，卻惹來身邊幾名男女的白眼。

「有嗎？我沒注意到。」

「是別樓辦公的小姐好心幫你按吧，哪有什麼電梯小姐？」

「小子，想女人想瘋了，連電梯裡都……」

和幾個男同事提起，卻沒人注意到她，想來自己是獨具慧眼了，這個每天默默在角落裡站著的可憐女孩若能得到他的青睞，一定會感激得以身相許。

這天晚上他一個人加班到深夜，拖著疲乏的腳步走進電梯時，赫然發現她還在，心中不由得又是憐惜又是雀躍，他故意站得很近，伸長脖子聞她身上的香味，「這麼晚還沒下班啊？」她笑一笑不說話，「幾點下班？請你喝咖啡好不好？」她仍是笑，但沒有搖頭，「妳一個人在這裡，會不會有點……寂寞？」她低下頭紅了臉，卻沒有不高興的樣子；他忽然色膽大起，握住了她的小手，她並不反抗，任他握著冰冷的手。

「先生到幾樓？」

「到……我們停下來好不好？」他伸手越過她身體按了鈕，電梯停在四樓，門卻沒有開，他察覺到她微微顫抖的身子，更覺得自己的體溫加速升高，緩緩的用身體把她逼到電梯的角落裡，閉上眼想像她熱切的回應，解開他的衣服，觸撫他全身每一吋肌膚，一段HIGH到極點的羅曼史就在這小小空間裡熱烈展開……她卻沒有反應，被他壓著的身體越來越冷，越來越僵硬，他詫異的托起她的下巴，看見她蒼白的臉上，兩個空洞的眼眶裡沒有瞳孔，只有兩片泛紫的嘴唇在說著：「先生到幾樓？」

「啊——」電梯猛烈晃動了一下，接著就以超高速下降，好像完全失去重力似的，轟轟隆隆的往地底掉下去，淹沒了他極度驚嚇的叫聲……

只有一樓櫃臺的兩名警衛聽到異聲，他們卻連頭也不回。

「那個小丫頭，又在整人了。」

「是呀，她一個人，呃，一個鬼在裡面挺無聊的，偶爾也得玩玩。」

「這次不知道又是哪個色狼要倒楣了？」

「看看不就知道了？」

兩個人一起注視著監視器的鏡頭，電梯裡只有一名驚恐萬分的男人在不斷的尖叫。

11 學生陪酒

「這件事情絕對不可以原諒！」補校的訓導主任鐵青著臉說，其他幾個組長、教官也都七嘴八舌的應和，看起來的確十分激動。

也確實應該激動：高中夜間部的女學生，居然到酒吧去客串「陪酒小姐」，不但如此，居然還被警察一舉擒獲，而且還上了報，雖然記者含蓄的說是「市郊一所頗富盛名的私立中學」，但明眼人一看就知道指的是本校，何況學生們口耳相傳，很快就會「名傳遐邇」了，是可忍，孰不可忍？

而且，而且還不是一個，一次就被抓了四個。

「當學生卻去操賤業，應該開除！」

「這是嚴重妨礙校譽，至少勒令退學！」

「不能讓一顆，呃，幾顆老鼠屎壞了一鍋粥！」

「不必再討論了，除惡務盡，就這樣決定！」

主任斬釘截鐵的做了結論，正要宣布散會時，一直默不作聲的、這四名女學生的導師開口了：

「對不起各位，我有不太一樣的看法。」

大家猶豫著又坐了下來，聽他慢條斯理的繼續說：「做學生的去當陪酒，當然是不應該；可是反過來看，她們雖然是在陪酒，或許是環境所迫，或許有不得已的苦衷，卻還肯辛苦的到學校來讀書，這是不是說明了這幾個人在困境中仍有力圖上進的決心呢？」

舉座爲之動容，「她們在學校功課還不錯，也很守規矩，如果一下子給予這麼重的處罰，會不會太過打擊了這幾個年輕人，反而使得她們眞的墮落、沉淪下去？」

一屋子又七嘴八舌的議論起來，有些人成爲傾向導師的溫和派，有些仍激烈的主張絕不寬貸，幸賴英明的主任做了裁決：「這樣吧，請導師再和這幾位學生談一談，了解他們的實際狀況，我們再做最後的決定。」

年輕的導師如釋重負，立刻召集了這四位女學生到校，還特地安排了僻靜的角落，急急忙忙的把會議經過告訴她們之後，「老師相信妳們是有心向上的，對不對？哪一位願意代表到明天的訓導會議上說明，相信主任他們都會諒解的，是不是？妳們看這樣好不好？」

四個人都低頭不語，其中一個還輕笑出聲，弄得導師滿臉的迷惑，良久，終於有人說話了：

「是這樣的，我們之所以會來讀補校，是因爲幹這一行的如果有學生證，價錢會比較好……」

12 綁架學生

「姓名？」

「吳啓優。」

「是你綁架張醫師的小孩張小民的？」

「是。」

「做案的過程？詳細說。」

「昨天下午新仁國小放學的時候，我在校門口等張小民，我跟他說要載他回家，他就坐上我的機車了。」

「這麼容易？現在的小孩眞是……繼續說！」

「我把他載回家，煮晚飯給他吃，吃完還叫他做功課，然後就打電話給他家裡，我到公用電話亭去打的，因爲我騙他說他爸媽有事出去了，要我照顧他……」

「那你第一通電話爲什麼不說話？」

「我……我想想又覺得不太好，想放他回去算了，可是他這麼晚回去一定會被父母懷疑，到時候還不是追查到我的頭上來？所以一不做二不休又打了一通電話。」

「你開出什麼放人的條件？」

「我裝假音，跟張醫師說他小孩在我這裡，要他拿五百萬來贖人，我本來想說一千萬的，怕他負擔不起，沒想到他一口就答應了，這些有錢人就是這樣，根本不把錢看在眼裡……」

「還輪不到你來教訓人！你有沒有對小孩怎麼樣？」

「沒有！沒有！我平常都很……愛護他的，我只是看他都一個人回家，也不排路隊，家裡又沒有人來接，萬一被綁架了怎麼辦？所以才……」

「別貓哭耗子假慈悲了！你就是看他好下手就對了。那你爲什麼沒有照約定來拿贖金？是不是怕了？」

「不是，我是想如果就這樣讓他們把小孩帶回去，可能從頭到尾都沒有人知道，報紙也不會登，大家也不曉得害怕，所以我才……故意報警的。」

「是你密報自己？哪有這回事？別扯淡了！」

「是眞的！我用吳齊仁的名字報的警，告訴你們張醫師的小孩被綁架了，要不然你們怎麼會知道？」

「嗯，看來是眞的……喂，你發什麼神經？難道你犯這個滔天大罪不是爲了錢，就是想上報出名嗎？」

「不是不是！我只是想警告大家，要多多注意小孩子的安全，不要平常不當一回事，等出了意外再來著急。」

「你可眞好心呀？可惜還是被我們逮到了，好，就這樣——等一下，你的職業呢？做什麼的？」

「我是新仁國小的代課老師，教張小民他們班的。」

13 我見鬼了

我眞的曾經相信這個世界上有鬼，不蓋你。

雖然這個世界上相信有鬼，或自稱見過鬼的人很多，但我並不是一開始就相信的。在初中時代，立志將來要做科學家的我，根本認爲神鬼都是迷信的無稽之談，並且常和同班的阿吉討論這個問題。

我們的結論是所謂的鬼根本違反物理、化學、生物的所有定律，是絕對不可能存在的；但是具有科學實驗精神的我們又不願空談理論，最好能有實驗來證明。

問題是鬼是死後的事，而死亡這件事似乎是不能試試看的。搜盡枯腸之後，終於讓我們想出來一個妙計：兩人相約如果誰先死了，就在死後的晚上來搔對方的腳底，如此自然可以證明世界上是有鬼的。

年少的我們很爲想出了這個實驗法而得意洋洋，並且勾了手指一言爲定，更相約不把這個祕密告訴別人。

就在我已經忘了這個約定之後，那年的暑假，阿吉到池塘裡游泳被淹死了。

我當然是非常傷心的痛哭了一番。對著覆蓋他屍體的白布，我心裡只有悲哀而無絲毫恐懼的感覺，直到那天晚上。

那天夜裡，一向睡在我房裡的小黃狗忽然異常悲切的嚎叫起來，把我從夢中驚出一身冷汗，想到民間傳說狗可以看到鬼魂，不由得寒毛豎立。大聲喝令小黃閉嘴，我急忙把被子蓋到頭上，在惶恐不安中逐漸睡去……

忽然覺得腳底癢癢的，我直覺的翻了一下身，卻明顯感覺到有人在搔我的腳底，難道是弟弟在惡作劇？可是他不在家。我赫然坐起！看到床尾並無人影，整個房間也是空盪盪的，不由得全身起了雞皮疙瘩，頓時想起了老朋友生前的約定，「阿吉，你

——」窗戶忽然開了，一陣冷風颼地颳進來。

噩夢並未就此終止，此後每晚入睡後不久，我的腳底照例一陣搔癢，冷冷的，還有點濕濕的，讓我在嚇醒之後，全身也被冷汗濕透。已經做了鬼的阿吉似乎不肯放過我，仍然興致勃勃地做著這個恐怖的實驗。

第七天，我拖著因恐懼和不眠而疲倦已極的身子，到了阿吉的墳上，焚香祝禱，並告訴他說：「阿吉，我已經知道世界上有鬼了，以後你可以不必再來了。」

當晚安心的入睡不久，竟然又來搔癢了，這個鬼阿吉！我一怒之下，奮力踢出一腳，忽然嗚咽一聲，小黃狗夾著尾巴從床尾逃出室外，還一邊吐著舌頭……

14

「夢蘭」的賭局

在PUB裡面，李董事長把杯裡的酒和橄欖一口吞下去，正準備回家的時候，一個陌生人走了過來。

「對不起，先生請問，你剛才是把橄欖吞下去嗎？」

「是啊，怎麼樣？」

「糟糕，那種調酒的橄欖是不能吃的！你會——」

「眞的？吃了會怎樣？」他有些著急了。

那人附耳過來，在嘈雜的樂聲裡低低的說：「吃了以後一個禮拜，你的睪丸會變成方形的。」

他一怔，旋即哈哈大笑，樂聲適時停止；PUB所有的人都轉過頭來，驚訝的看著他們。

「不要開玩笑了！哪有這種事？」他壓低了聲音。

「眞的！」那人倒是一本正經，「不然我跟你賭一萬塊。」

於是約好了一週後到公司找他，李董事長滿臉笑容的回家了，無聊的晚上有這種有趣的插曲，倒也滿不錯的。

洗澡時他卻開始擔心起來：萬一那東西本來就是方形的怎麼辦？從來也沒有認眞去看過的……他對著鏡子端詳了許久，又不放心的伸手去摸，拿捏了半天，確實是圓圓的兩個沒錯，才放心的吁了一口氣。

可是不保證一定不會變方的。

第二天上班時他越想越擔心，一手扶方向盤，一手又伸進褲袋裡摸起來，還是圓的沒錯啊！

一向清明理智的李董事長竟然焦慮起來，有意無意的就把手往褲袋裡伸，在不知情的公司職員看起來，倒是比一向兩手背在後面的姿態顯得瀟灑多了。

他的心情可瀟灑不起來，回家把塵封多年、擺在櫃子裡裝飾用的百科全書翻出來，看看到底吃橄欖會不會有這種毛病，可惜遍尋不著。這種事又不敢去問家庭醫師……看來這一個禮拜注定是要在焦慮不安中度過了，每次上廁所他都要花上加倍的時間，仔細觀察那個可能在一夕之間變成方形的傢伙，眞是令人身心俱疲的賭局啊！

約定的時間終於到了。他再徹底的檢視一遍，確定沒有變形而如釋重負時，那個人如約走進辦公室來了。

「怎麼樣？變成方形了沒有？」

「當然沒有！」

贏錢是小事，保住自己才重要。

「眞的？那你得讓我摸摸看才能確定。」

「可以呀！」

反正辦公室裡沒有別人，當下他就脫起褲子。

那人蹲在他前面摸了半天，掏出一萬塊放在桌上，一言不發的往外走。

他正在得意的微笑時，那人把門打開了，全公司二十幾個員工竟然都擠在門口。

「哇塞！董事長真的自己脫褲子讓你摸耶！輸你輸你！來，一個人交一千塊，沒話說！」

15 鴛鴦盜

他們決定去搶劫。

文雄和美玲相戀已經三年了，卻因爲美玲的父母要求三十萬元的聘金（而且不能退還）而遲遲不能成婚，眼看著朋友同事一個個結婚生子，而在修車廠工作的文雄每月只能存下三千元，最快也要一百個月之後才能付得出聘金，每當兩人在一起時就不由得愁眉不展。

最後想出搶劫這個辦法的不是文雄，反而是美玲。美玲在一家貿易公司當會計，薪水雖然很低，但每到年底要負責發放一百多萬元的年終獎金，公司每次都只派她一個人到銀行去提款，這麼多年來雖然報上天天有搶劫的新聞，卻從來沒出過事。

照理說應該有人來搶她。搶劫當然是很重的罪刑，首先要計畫就不容易，眞找到了對象，到時候也未必搶得到（說不定當場就被逮住）；即使得手了，事後又如何天涯海角逃避警察的追緝呢？但假如很確定知道可以搶錢的時間地點，被搶的人又毫無抵抗，現場沒有任何目擊者，事後被害人向警察陳述有關歹徒的一切線索都是錯的……這當然就是一個天衣無縫、永遠不虞破獲的搶案了；而可憐的被害人是無辜的，什麼責任也沒有。

如果由文雄來搶美玲，那的確是如此。

深思熟慮了三百多天（眼看著年底又要到了）之後，他們終於決定付諸行動，以求早日獲得婚姻的幸福。這天下午美玲照例在銀行領了錢出來，刻意走入事先和文雄說好的僻靜小巷，比約定的時間提早了三分鐘（文雄太心急了！），身穿黑夾克、臉上戴著頭套的文雄騎著摩托車出現了，車子呼嘯而至，文雄伸出一隻手抓過來時，美玲迅速把裝錢的紙袋往他懷裡一塞，低低說了一聲：「快走！」文雄愣了一下，臉上唯一露出的雙眼中有些茫然（他太緊張了！）隨即加大馬力呼嘯而去。

美玲回頭看著他逐漸遠去的背影，忽然覺得有點生疏，但很快鎮定下來，確定他已經到了安全距離之外，四周也的確沒有人看見時，才尖聲高叫：「救命啊救命！搶錢——」

五分鐘後，美玲正站在一群圍觀的人中間，向一名警察胡亂述說歹徒的形貌時，忽然一輛摩托車呼嘯而至，人群紛紛走避，車子緊急煞住，一個身穿黑夾克臉上戴著頭套的年輕人，驚慌失措的想掉頭逃走時，早已被湧上的眾人抓住，警察上前一把扯下了他的頭套，竟然是文雄！

「怎麼是你？那剛才……」美玲的眼前忽然一片漆黑。

16 綠色恐怖

「怎麼會這樣？」

他嚇得急忙塞回褲子裡，看看四下無人，又掏了出來，軟弱無力的滴了幾滴，果然還是綠色的，天啊！

一整個下午他都無心再辦公，雖然身為機關裡的政風管理員，本來就沒有什麼工作，但意外的沒有看見他號稱巡視、實則鬼鬼祟祟的影子，所有的人心情都輕鬆了不少，只有他憂心忡忡的坐在豪華的辦公桌前，等待著下一次。

下一次果然還是綠色的，一柱激射而出，顏色還比上回更濃了些；這是他從前引以爲傲的，常在酒後和局裡的夥伴們比賽射程，如今卻莫名其妙出了這個狀況：便出綠色的尿來，這到底是怎麼回事呢？

他不敢去看醫生，深怕事情走漏成了新聞，那就對自己大大不利了，雖然知道醫院裡的病歷依法是要保密的，但是他自己也曾不只一次的「爲了工作」而去調閱，難保沒有別人也這麼做。

想打電話請教專家，又擔心電話被人竊聽，最近聽說連立法院長都被竊聽了，他這小小的政風難保沒有別人「關心」。只好自己一個人悶頭猛查網路上各種醫學知識，卻怎麼也找不到有小便綠色的例子，他煩惱得連每週要彙報的資料都無心編造了。

更擔憂的還是怕別人發現：有一次尿到一半，剛好有人進來，他慌忙的停止急急往裡面塞，結果弄濕了半條褲子。對方好奇的看他一眼，被他惡狠狠的瞪回去，才專心低頭做自己的事，而他一跛一跛的穿著濕褲子走回辦公室的窘態，也成爲當天所有人談笑的話題。

他思考了幾天，仍然無法決定要不要向上級自白——如果尿是別的顏色，就算是紅色，或者是黑色也不要緊，但綠色的尿未免太敏感了，他一向嚴禁任何綠色的東西在自己辦公室出現，有位特別愛做綠色打扮的女職員還被他告過一狀，後來還是痛哭流涕的寫了悔過書才放她一馬，如今自己這樣大的把柄落在別人手裡，那眞是死無葬身之地了！他很清楚有些同志到現在還關在牢裡。

事實上他已經被人告狀了！由於太過憂慮而無心工作，整整一個月未交彙報，他很快被調離了重要的政風職位，轉到一個專給等待退休人員養老的機構，去擔任一個無關緊要的圖書管理員……

懷著無比沮喪的心情到了新單位，他一直熬到眾人午睡時間，才一個人偷偷摸摸去上廁所，卻一下子流出了感激之淚，原來，原來他的尿不知怎的，竟然又恢復清白啦！

17 比小說更小說

以寫作維生，使得我每日必須搜索枯腸的去尋找題材；而在所完成的作品中，又常被讀者認爲是不可思議：「哪有這種事嘛？都是你自己亂想的！」

問題是常常連亂想也想不出來，例如今晚，我就有感於社會治安的每下愈況，人心的日漸敗壞，想寫一篇小說：

三個人從餐廳高高興興的出來，進了一輛BMW轎車。或許是開車的微醺了吧，在倒車的時候，撞上了隔壁店門口的一株盆景，蓋滿了路邊灰塵的綠葉植物砰然倒地，花盆碎裂成幾塊，主人從屋裡聞聲出來。

隔著玻璃看見他叫罵的手勢時，開車的才知道闖了禍，連忙下車查看，好在車子沒怎麼樣，至於盆景賠錢就是了，沒什麼値得吵的，從上衣口袋掏出一張皺皺的千元大鈔，塞在對方的手裡，他就搖搖晃晃的要上車了。

卻被對方一把揪住！由於有了肢體語言，逐漸吸引了一些觀眾，本來坐在車上的兩人也發現有點不對了，踉踉蹌蹌的下車探個究竟，聽到的卻是：

「五百塊！撞壞我的盆景，賠五百塊！」

「就給你一千塊了嘛！你還想怎麼樣？」

「我不要一千，只要五百，你拿五百來！」

「莫名其妙！我偏偏要給你一千怎麼樣？」

「怎麼樣？你以爲你錢多就可以侮辱我？」

「……」

這樣的對白，車上另外兩人起初還以爲聽錯了，等到確定無誤之後，當然加入自己人這一邊，狠狠把不知好歹的對方數落了一番，不管接不接受的仍把那一千塊丟了過去，然後三個人簇擁著上了車，一邊還喃喃詛咒著。

那人終於含憤進了屋子，以爲沒戲好看了的眾人正待散去，卻見那人又從屋裡出來，手上還拿著一把手槍追了上去，一言不發「砰！砰！砰！」把車上三個人都打死了。

讀者朋友看到這裡一定認爲我實在是江郎才盡，又在胡扯了，即使完全不懂文學批評的人，也指得出這篇小說情節上的兩大不合理：第一是「要五百給一千反而不高興」的不近人情，第二是爲這樣小的事就殺人，而且一殺三個人的不合常理。對於這兩點指責我也完全同意，並且無意辯解，我只想告訴各位，以上所述只是不久前在彰化地區發生的一件，完全眞人眞事的新聞報導。

什麼叫作眞實呢？有時候小說比眞實更眞實，而眞實反而比小說更小說，你說是不是？

苦苓作品集6

短短的就夠了【苦苓極短篇精華版】

作　者—苦苓
主　編—陳信宏
責任編輯—尹蘊雯
責任企劃—曾睦涵
美術設計—Finn
董事長
總經理—趙政岷
總編輯—李采洪
出版者—時報文化出版企業股份有限公司
一〇八〇三臺北市和平西路三段二四〇號三樓
發行專線—（〇二）二三〇六—六八四二
讀者服務專線—〇八〇〇—二三一—七〇五
（〇二）二三〇四—七一〇三
讀者服務傳真—（〇二）二三〇四—六八五八
郵撥—一九三四四七二四時報文化出版公司
信箱—臺北郵政七九～九九信箱
時報悅讀網—http://www.readingtimes.com.tw
電子郵件信箱—newlife@readingtimes.com.tw
時報出版愛讀者粉絲團—http://www.facebook.com/readingtimes.2
法律顧問—理律法律事務所　陳長文律師、李念祖律師
印　刷—盈昌印刷有限公司
初版一刷—二〇一六年四月二十二日
定　價—新臺幣二六〇元

國家圖書館出版品預行編目（CIP）資料

短短的就夠了【苦苓極短篇精華版】
/苦苓 著;
-- 初版. - 臺北市：時報文化, 2016.04
面； 公分. --（苦苓作品集; 06）

ISBN 978-957-13-6581-7(平裝)

857.63　　105003255

短短的，仍意猶未盡？

寫下對本書的感想及對「苦苓極短篇」的熱愛，

即可獲得苦苓限量簽名結婚卡！

活動辦法

01 即日起至**2016年9月30日（以郵戳為憑）**填妥資料，寄回活動回函，即可獲得苦苓伉儷限量簽名賀卡！

02 贈品數量有限，將根據來函依序送出，送完為止。

03 贈品寄送限臺澎金馬地區。

廣	告　回　信
台北郵局登記證	
台北廣字	
第2218號	

時報文化出版企業股份有限公司

10803台北市萬華區和平西路三段240號3樓

讀者服務專線：（02）2304-7103

《短短的就夠了》活動小組 收

於活動期間填妥回函詳細資料並寄回時報出版（免郵票），
即可參加抽獎。

請沿虛線摺下黏貼，謝謝！

「苦苓極短篇」系列重出江湖！

快讓苦苓知道你有多喜歡！

看完本書，你想對苦苓說：

寫下你對「苦苓極短篇」系列的期許：

讀者資料：(請務必完整填寫，以便聯絡獲選贈獎事宜)

姓名：＿＿＿＿＿＿＿＿ □先生 □小姐

聯絡電話：(H)＿＿＿＿＿＿＿＿ (M)＿＿＿＿＿＿＿＿

地址：□□□＿＿＿＿＿＿＿＿＿＿＿＿

E-mail：＿＿＿＿＿＿＿＿＿＿＿＿

注意事項：

1. 以上資料僅供活動寄送獎品及通知使用，請務必填寫正確。本社對於個人資料絕對保密。
2. 基本資料若填寫不完整，導致無法聯絡中獎資格，時報出版概不負責。
3. 本活動贈品數量有限，送完為止，恕不另行通知。贈品寄送限臺澎金馬地區。
4. 實際活動內容以時報悅讀網公告為主。時報出版擁有更改或中止活動之權利。